毒虫

北町奉行所捕物控④

長谷川 卓

目次

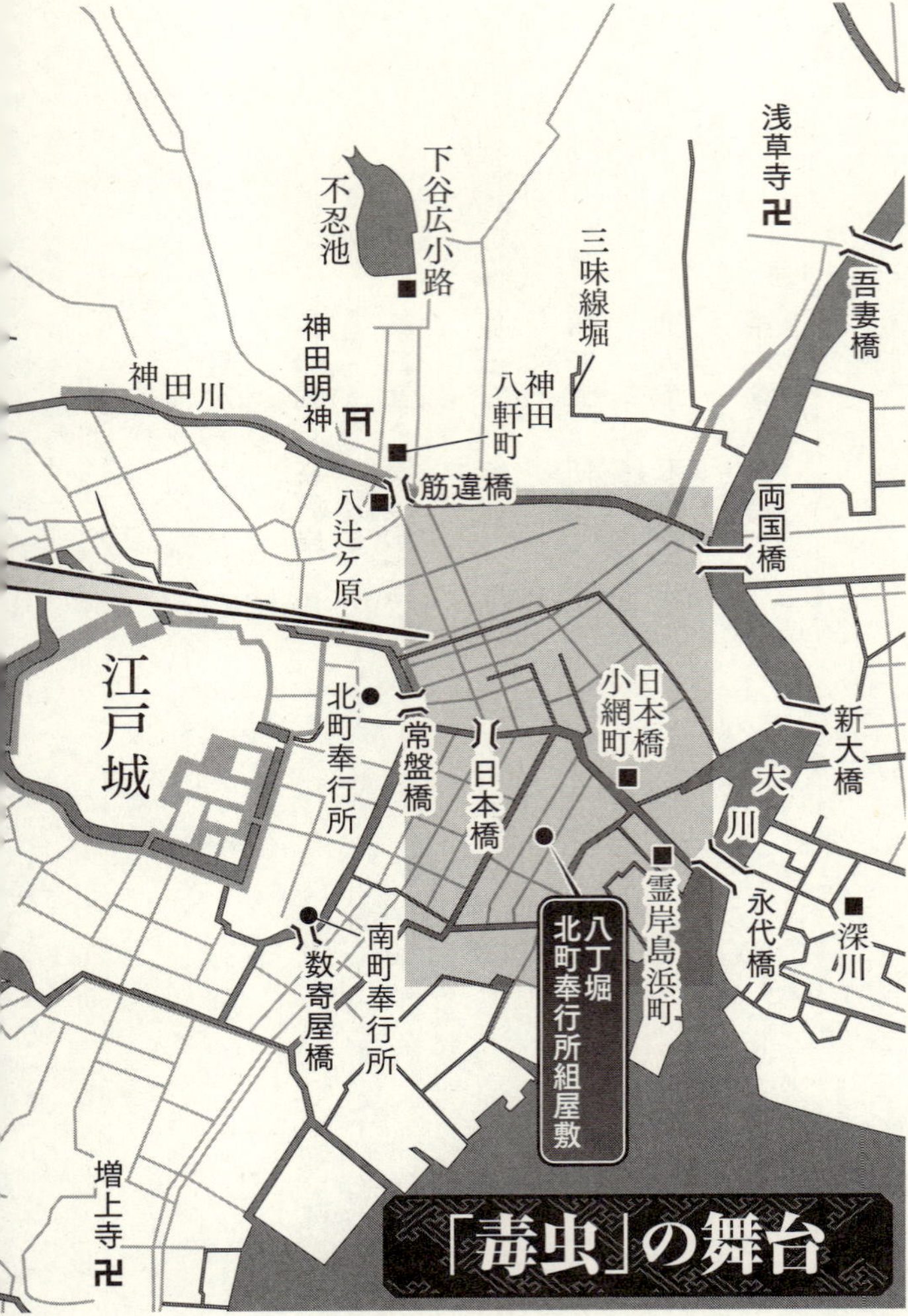
「毒虫」の舞台
浅草寺
不忍池
下谷広小路
三味線堀
吾妻橋
神田明神
神田川
神田八軒町
筋違橋
八辻ケ原
両国橋
江戸城
北町奉行所
常盤橋
日本橋
日本橋小網町
新大橋
大川
霊岸島浜町
永代橋
深川
八丁堀北町奉行所組屋敷
南町奉行所
数寄屋橋
増上寺

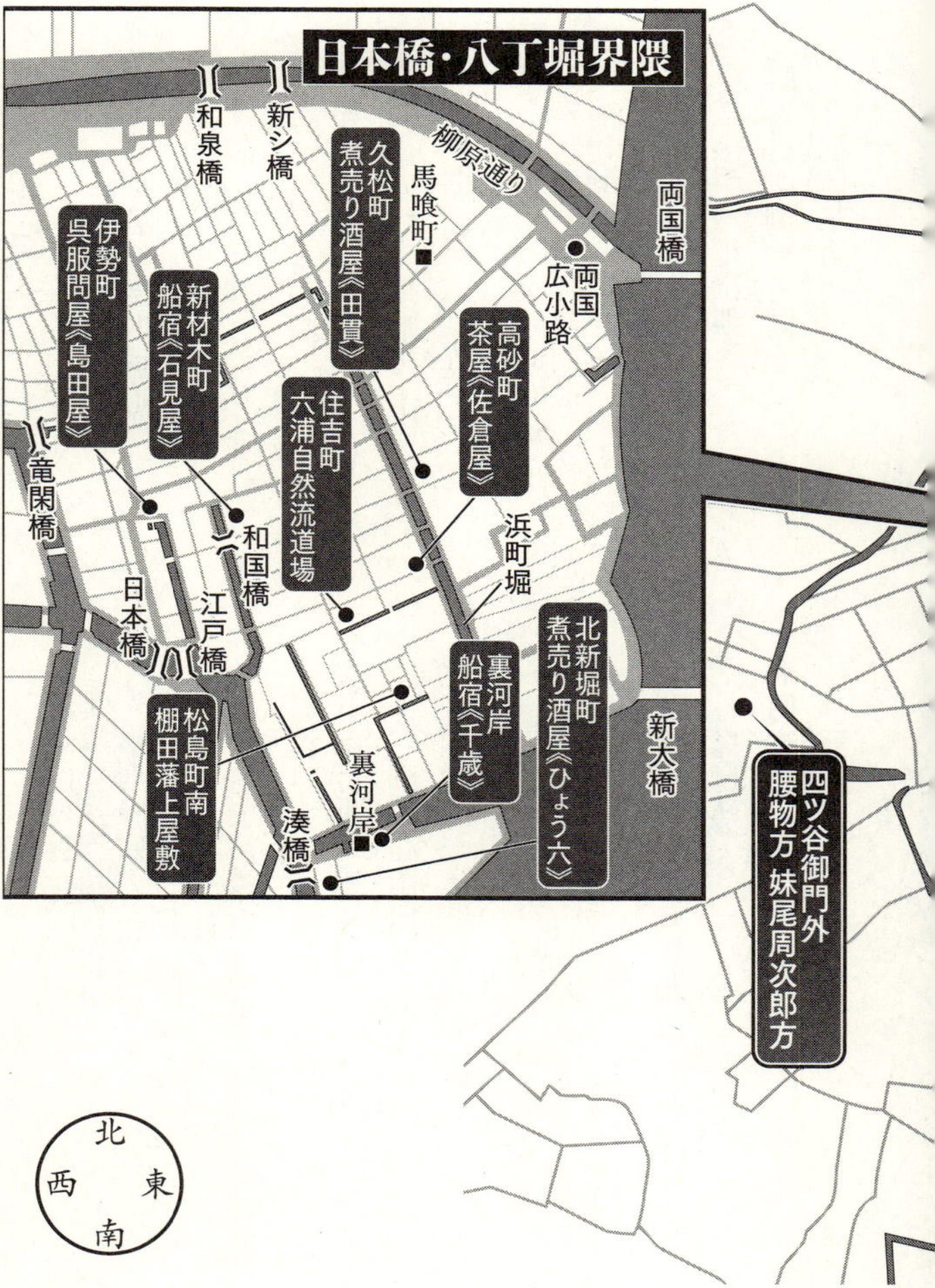
日本橋・八丁堀界隈
和泉橋
新シ橋
柳原通り
両国橋
馬喰町
両国広小路
久松町 煮売り酒屋《田貫》
伊勢町 呉服問屋《島田屋》
新材木町 船宿《石見屋》
住吉町 六浦自然流道場
高砂町 茶屋《佐倉屋》
竜閑橋
和国橋
浜町堀
日本橋
江戸橋
北新堀町 煮売り酒屋《ひょう六》
裏河岸 船宿《千歳》
新大橋
松島町南 棚田藩上屋敷
裏河岸
湊橋
四ツ谷御門外 腰物方 妹尾周次郎方
北
東
南
西

【登場人物紹介】

北町《きたまち》奉行所臨時廻《ぶぎょうしょりんじまわ》り同心《どうしん》
　鷲津軍兵衛《わしづぐんべえ》
　妻女　栄《えい》
　息《そく》　竹之介《たけのすけ》
　養女　鷹《たか》
　岡《おか》っ引《ぴき》　小網町《こあみちょう》の千吉《せんきち》
　下《した》っ引《ぴき》　新六《しんろく》、佐平《さへい》

北町奉行所臨時廻り同心
　加曾利孫四郎《かそりまごしろう》
　岡っ引　霊岸島浜町《れいがんじまはまちょう》の留松《とめまつ》
　下っ引　福次郎《ふくじろう》

北町奉行所例繰方《れいくりかた》同心
　宮脇信左衛門《みやわきしんざえもん》

北町奉行所定廻《じょうまわ》り同心
　小宮山仙十郎《こみやませんじゅうろう》
　岡っ引　神田八軒町《かんだはちけんちょう》の銀次《ぎんじ》
　下っ引　義吉《よしきち》、忠太《ちゅうた》

北町奉行所定廻り同心
　岩田巌右衛門《いわたがんえもん》

北町奉行所隠密廻《おんみつまわ》り同心
　武智要三郎《たけちようざぶろう》

北町奉行所当番方与力《とうばんかたよりき》
　菅沼宗太郎《すがぬまそうたろう》

北町奉行所年番方《ねんばんかた》与力
　島村恭介《しまむらきょうすけ》

北町奉行所内《うち》与力
　三枝幹之進《さいぐさみきのしん》

棚田《たなだ》六万石竹越《たけこし》家
徒目付《かちめつけ》　二瓶角之助《にへいかくのすけ》
納戸頭《なんどがしら》　上月伸九郎《こうづきしんくろう》
耳毛の男　伊蔵《いぞう》
伊蔵の相棒　百助《ひゃくすけ》
由比宿・旅籠《はたご》の主《あるじ》　吉兵衛《きちべえ》
吉兵衛の倅《せがれ》　政吉《まさきち》
盗賊　野火止《のびどめ》の弥三郎《やさぶろう》
ぞろ目の双七《そうしち》
浪人　彦崎基一郎《ひこざききいちろう》
煮売り酒屋《ひょう六《ろく》》
小女《こおんな》　園《その》、杉《すぎ》

紬《つむぎ》茶屋《佐倉屋《さくらや》》の女　結《ゆい》
岡っ引　田原町《たわらまち》の蓑助《みのすけ》
下っ引　定吉《さだきち》、半次《はんじ》
岡っ引　鬼の梅吉《うめきち》
下っ引　丑《うし》、駒市《こまいち》
腰物方《こしものかた》
妹尾《せのお》周次郎《しゅうじろう》景政《かげまさ》
中間《ちゅうげん》　源三《げんぞう》
六浦《むつうら》自然《じねん》流《りゅう》道場主
波多野《はたの》豊次郎《とよじろう》
黒鍬者《くろくわもの》　故押切玄七郎《おしきりげんしちろう》の娘
蕗《ふき》

第一章　裏河岸《うらがし》

一

町屋に奉公に上がっている小僧や下女の楽しみは、春と秋の藪入《やぶい》りだった。春は一月十六日、秋は七月十六日から、三日二夜の休みをもらえるのだ。休みだけではない。お店《たな》によって違いはあるが、新しい着物と二百文程度の小遣いも添えられるのである。下女は芝居小屋に走り、小僧は白首《しろくび》を求めて、町をうろつくことになる。

安永《あんえい》年間、江戸の岡場所は、深川《ふかがわ》、本所《ほんじょ》、浅草《あさくさ》、根津《ねづ》、谷中《やなか》、音羽《おとわ》など名の知られたところだけでも六十四か所、その他名もないところまで含めると二百か所はあった。

そこで働く私娼《ししょう》の値段だが、昼夜通しで遊ぶと一貫文（一千文）、昼だけならば六百文、夜だけならば四百文だった。また［時切り］という遊び方もあり、二刻《ふたとき》（四時間）を［一ト切］と言って、これが五十文。更《さら》に短く時を切り、ちょんの間を略した［ちょん］で遊べば、より値段は安くなった。

ちなみに夜鷹《よたか》の値段は、夜鳴き蕎麦《そば》一杯十六文に対して二十四文であり、大川《おおかわ》に浮かべた舟を仕事場にした船饅頭《ふなまんじゅう》は三十二文であった。つまり、かけ蕎麦二杯食べる値段で、遊ぼうと思えば遊べたのだ。

客は懐《ふところ》具合に見合ったところで手を打ったのである。

安永五年（一七七六）、陰暦一月十九日――。

藪入り明けの町には、どこか気抜けした白々しさが漂《ただよ》っていた。

手代が苛立《いらだ》たしげに、休みの余韻《よいん》に浸《ひた》っている小僧どもの尻を叩《たた》く。疾《と》うに元服《げんぷく》を済ませてしまっている手代には、藪入りと言っても一日の休みがあるだけだった。藪入りは元服前の小僧や下女のためのものであった。

小僧と手代の遣《や》り取りを、足を止めて聞いている男がいた。

年《とし》の頃は六十過ぎ。白いものが髪の半《なか》ばを占めている。

男は頰《ほお》に笑みを刻むと、やおら歩き始めたが、踏み出した足許《あしもと》が覚束《おぼつか》無い。上半身が左右に揺れている。

「危なっかしいな……」

呟《つぶや》いたのは、岡《おか》っ引《ぴき》・神田八軒町《かんだはちけんちょう》の銀次《ぎんじ》だった。

ところは、芝口橋《しばぐちばし》から金杉橋《かなすぎ》へと通る東海道《とうかいどう》を、一筋溜池《ためいけ》側に入った日陰町《ひかげちょう》通りであった。

「どうした？」

小宮山仙十郎《こみやませんじゅうろう》が訊《き》いた。仙十郎は、三十八歳という異例の若さで定廻《じょうまわ》りに抜擢《ばってき》された、北町《きたまち》奉行所の同心《どうしん》であった。この新年が、定廻りになって三度目の正月となる。

振り向き尋ねた姿に、銀次は見惚《みと》れてしまった。

小銀杏《こいちょう》に結《ゆ》った髷《まげ》。着流しに三ツ紋付きの黒羽織。その黒羽織の裾《すそ》を帯に挟み上げて丈《たけ》を詰め、袖《そで》は閂《かんぬき》差しにした刀の柄《つか》に載せる。裏白の黒足袋《たび》に雪駄《せった》を突っ掛け、りゅうと立ったところなぞ、名同心と謳《うた》われた先代に劣《おと》らず立派なものだった。

何をぼんやりしている？　仙十郎の声にふと我に返った銀次が、左手前方を指さした。

「あのとっつぁんでございやすが……」

銀次の動きに合わせたように、男が膝《ひざ》から頽《くずお》れた。乾いた土が小さく舞った。

雨を忘れて十日近くになる。

呆然《ぼうぜん》としている小僧と手代を尻目に、銀次の手下の義吉《よしきち》と忠太《ちゅうた》が駆け付けた。

義吉がしゃがみ込み、膝の上に男の頭を載せ、介抱《かいほう》を始めた。

「大丈夫かい？」

追い付いた銀次が、男に訊いた。

「……はい」

力のない声が戻って来た。

五ツ半（午前九時）になる頃合だった。東海道筋は既に人の行き来で賑《にぎ》わっているが、一筋脇の日陰町通りは、それ程ではない。しかし、何事かと物見高い連中が集まり始めていた。

「戸板を貸してくれ」仙十郎が手代に言った。

「よろしゅうございますが」

「暇そうだな、序《つい》でに力も貸してくれ」

「………」

手代と小僧が顔を見合わせた。仙十郎は何か言いたげにしているふたりを無視して、男を戸板に載せて、自身番《じしんばん》まで運ぶように言った。手代と小僧が店の奥に駆け込んだ。

「とっつぁん、もうちぃとの辛抱《しんぼう》だからな」

銀次が男に声を掛けている。男が、苦しげに頷《うなず》いた。

力のありそうなお店者が四人、戸板を担《かつ》いで駆け戻って来た。

「芝口二丁目の自身番まで頼むぜ」

男衆に言ってから、義吉を自身番に先駆けさせ、忠太を医者に走らせた。

「何でもねえ。見世物じゃねえよ」

銀次が先に立ち、近寄って来る見物人を追い散らした。仙十郎の背後からは中《ちゅう》間《げん》が御用箱を肩に担いで付いて来る。

芝口二丁目の自身番の前には、大家《おおや》と店番《たなばん》が並んで待っていた。

「病人だ。寝かしてやってくんな」

銀次が、白洲《しらす》を越え、三尺の式台に上がり、膝隠しの衝立《ついたて》を脇に退《の》けた。店番が慌てて上がり、座布団を一列に並べている。その上に、戸板から移された男が横になった。

医師が来た。

芝口西側町《にしがわちょう》の柄沢良庵《からさわりょうあん》先生だと、忠太が言った。

良庵の名は、仙十郎も聞いていた。薬を出さず、甘酒を飲めと勧《すす》めるところから、甘酒先生として知られていた。

「話せますかな？」良庵は、男の脈を取りながら言った。「名と住まいを教えて下され」

「……吉兵衛《きちべえ》と申します。住まいは、駿州《すんしゅう》は由比《ゆい》宿にございます」

男は息を整えながら言った。

「それはまた遠くから。由比でのご商売は何を？」

「小さいながら旅籠《はたご》を」

銀次が矢立を取り出し、書き留めている。

「着いて間もないのかな」

「いいえ、もう十日程になりますか」

「お年は？」

「六十二歳になりました」

「ふむ、脈は落ち着いてこられましたな」

次いで良庵は、吉兵衛の白目の色や舌の色を調べている。その度《たび》に茶筅髷《ちゃせんまげ》が揺れた。

「疲れですな」良庵が、病人から仙十郎に向きを直して言った。「生姜《しょうが》をたっぷりと入れた甘酒を飲み、少しの間凝《じ》っとしていれば治りましょう」

「では、薬などは」

「必要ありません。これからは、疲れたと思ったら甘酒を飲むとよいでしょう」

「まずは、よかったな」

仙十郎が吉兵衛に言った。

「へたばるまで歩くなんざ、年寄りには毒だぜ。それとも、無理をする訳でもあったのかい？」

「……はい」

起き上がろうとした吉兵衛を、仙十郎が押し止《とど》めた。

「あまり長く聞いている暇はねえが、よかったら、話してみねえかい？」

吉兵衛の咽喉《のど》が縦《たて》に動き、唇《くちびる》がわなないた。

「勘当《かんどう》した倅《せがれ》を探しに、江戸へ参ったのでございます……」

吉兵衛の話は十年前に遡《さかのぼ》った。

由比は江戸から三十八里半、東海道十六番目の宿で、府中《ふちゅう》までが六里八町、京までが八十七里というところにあった。四町余の街道筋に沿って、百戸ばかりの家が建ち並んでいる小さな宿場町だった。

宿場の外れに由比川が流れ、仮橋が架《か》かっているが、増水し橋が流されると徒《かち》渡りになった。穏やかだが、華やかさのかけらもない町だった。川止めでもない限り、先を急ぐ旅人には見向きもされなかった。

こんなちんけな宿場に埋もれたくはない。

そう思い始めた倅の政吉《まさきち》にとって、江戸や大坂の繁華《はんか》な様を面白可笑《おもしろおか》しく話す旅人たちの四方山《よもやま》話は夢をかき立てるものだった。

吉兵衛は、跡取り息子に商売を仕込もうと躍起《やっき》になったが、政吉は抗《あらが》い続けた。人に頭を下げる商いなど、したくもなかった。

旅人に誘われるままに手慰《てなぐさ》みを覚え、いつの間《ま》にか、西は清水湊《しみずみなと》や府中宿、東は吉原《よしわら》宿や蒲原《かんばら》宿にまで足を延ばす、いっぱしの博打《ばくち》打ちになってしまっていた。

意見はした。母親は摑《つか》んだ袖を放さず、泣いて頼んだ。その母親を足蹴《あしげ》にした時、吉兵衛は心の中で政吉を切り捨てた。

政吉の姉に婿《むこ》を迎え、旅籠の跡を継がせるべく、あれこれと教え始めた。

ある日、旅籠に江戸に向かうひとりの旅人が立ち寄った。

前夜は岡部《おかべ》宿に泊まり、宇都谷峠《うつのやとうげ》を越え、鞠子《まりこ》、府中と通り抜け、由比に泊まるという旅人は珍しかった。人の多いところを避けているような道中であった。

政吉は、その旅人の部屋に遅くまで入り込み話を聞いていた。

政吉がいなくなったのは、その翌日のことだった。件《くだん》の旅人が出立した後、気が付くと、政吉の姿が消えていた。旅籠の蓄《たくわ》え金の中から、十両の金が盗まれていた。政吉は十六歳であった。

吉兵衛は、その時が来たのだ、と思った。家の者を集め、政吉を勘当する旨《むね》を告げた。

この先、政吉は必ず御上《おかみ》の手を煩《わずら》わせることになるだろう。その時、政吉ひとりがお咎《とが》めを受けるのならばそれでよいが、御定法《ごじょうほう》で累《るい》は親族に及ぶ。跡を継いでいる姉夫婦を縁座《えんざ》の制から守り、代々続いてきた旅籠を守るには、政吉を勘当して人別帳《にんべつちょう》から外し、無宿者にするしかなかった。

勘当したことは、やがて政吉にも知れた。由比宿の者が江戸見物に出掛けた際、浅草の雑踏の中で政吉と出会い、親父《おやじ》とお袋はと訊かれ、つい勘当のことを話してしまったのだ。それでいいのよ。政吉は、強がって笑いながら人込みの中に消えて行った。目尻に光るものがあった、とその者が言ったことが、吉兵衛の耳に残っている。

そして、昨年の暮れ近くに、連れ合いが長患《ながわずら》いの末に死んだ。

「政吉……」

今際《いまわ》の際の言葉は、倅の名だった。

それで探しに来たのだ、と吉兵衛が言った。探し出し、無頼《ぶらい》な生活から足を洗う気は毛頭《もうとう》ないというならば、あきらめて由比に戻るが、もし己の行状を悔いて、堅気《かたぎ》に戻りたいというならば、何とか身の立つようにしてやりたい。

親心は分かったが、町奉行所として探す手伝いをする余裕はなかった。出来ることと言えば、この十年間の無縁仏の中に、政吉らしい者がいたかどうか調べることくらいだった。

「それでよろしゅうございます。お手を煩わせて申し訳ございませんが、お調べ願えますでございましょうか」

「身体《からだ》の特徴《しるし》を聞かせてくんな」

銀次が手にした筆で、吉兵衛を促した。

身の丈、体格の他、目立った黒子《ほくろ》や傷《きず》の有無などを、吉兵衛が話した。

「そんなところかな？」際立《きわだ》った特徴と言えるものはなかったが、ないはないなりに調べるしかない。

「旦那《だんな》……」終わりましたと、銀次が仙十郎に言った。

何か困ったことが起きたら訪ねて来るようにと吉兵衛に言い、改めて定廻りとしての御役目に戻り、市中の自身番を順に回ろうとして、仙十郎はふと引っ掛かるものを覚えた。

「とっつぁん、政吉が家を出る前の夜、旅籠に泊まった客がいたな？」

「はい、江戸の方でございました」

「そいつを頼った、とは思わねえか」仙十郎が訊いた。

「はい、手前もそう思いまして、真っ先にその方のところに行ってみました」

「どうだったい？」

「宿帳に書かれた住まいを訪ねたのですが、そのような者が住んでいたことはない、と……」

「出鱈目《でたらめ》だったのか」

「名は？」銀次が訊いた。「その旅人のだが」

「双吉《そうきち》、と宿帳には……」

「何か目印になるようなものはねえのかい？」

「はい」と吉兵衛は咽喉の辺りを摩《さす》り、ここのところに、と言った。「赤い痣《あざ》がございました」

「痣だと……」義吉が、思わず銀次を見た。

「猫のような形をしていなかったか。場所はここだ」銀次が咽喉仏の脇を指した。

「そこです。間違いございません。形は……猫のように見えたかもしれません」

吉兵衛の目が、大きく見開かれた。脅《おび》えが走っている。

「誰なのでございます？」

「ひょっとすると、ぞろ目の双七《そうしち》かもしれやせん。双吉に双七ってのも、よく似ておりやすし」銀次は、吉兵衛にではなく、仙十郎に言った。

七月七日の七夕《たなばた》に生まれたので、双七と名付けられたその男は、盗賊・野火止《のびどめ》の弥三郎《やさぶろう》の片腕と目《もく》されていた。

「一体、何者なんでございますか」たまらず、吉兵衛は起き直った。

「一言で言えば悪党だ」と仙十郎が言った。「もし奴だとしたら、気の毒だが、質《たち》の悪い奴と出会っちまったとしか言いようがねえな」

「左様《さよう》で……」

「だがな、とっつぁん、ものは考えようだ。双七って悪《わる》に関わりがある人探しとなりゃあ、奉行所が乗り出すかもしれねえぜ。明朝五ツ（午前八時）に北町まで足を運んでくれ。力を貸してくれるよう頼んでおくからな」

「ありがとうございます」

「ひどく道を踏み外していなければよいのだが、十年は長いからな」

「この身に代えて、悪の道から救い出してみせます」

「その意気だ、と言いてえが、今日のところはゆっくりと身体を休めるんだぞ。江戸は悪い奴が多いから己の力で探そうなんて考えるんじゃねえぞ。分かったな」

　仙十郎は、吉兵衛に草鞋《わらじ》を脱いだ旅籠のところと屋号を聞いてから、自身番の者に吉兵衛をもう少し休ませてやるよう言い付け、定廻りの見回路《みちすじ》に戻った。

　定廻りは南北の奉行所に六名ずつ、計十二名いる。彼らは江戸を五筋か六筋に分け、月番非番に関わりなく見回るのである。

仙十郎が昨年暮れから受け持っているのは、溜池の南一帯から金杉橋の下を流れる金杉川以南の地域であった。これから半日歩き続けなければならない。暑いのも辛《つら》いが、寒いのも辛かった。だが、辛くはあったが、仙十郎は見回路を歩くことが好きだった。

辻《つじ》の傍《かたわ》らの日だまりに、甘酒売りがいた。七輪《しちりん》にのせた釜《かま》から、甘い湯気が立ち上っている。

「おうっ」

と仙十郎が、声を掛けた。へいっ。返事とともに、甘酒売りが眠たげな顔を起こした。

「お前みたいのを、お誂《あつら》え向きと言うんだぜ」

「……何でございましょうか?」甘酒売りが、辺りを見回した。

「何だもあるかい」

芝口二丁目の自身番に行き、中で休んでいる男に生姜をたっぷり入れた甘酒を飲ませてくれるように頼んだ。

「承知いたしました」

「その前に」と仙十郎が、銀次らを呼び集めながら言った。「俺たちにも熱いのを振舞ってくれ」

二

その頃、臨時廻《りんじまわ》り同心・鷲津軍兵衛《わしづぐんべえ》は、住吉町《すみよしちょう》にある六浦自然《むつうらじねん》流《りゅう》の道場奥の一室にいた。

風邪《かぜ》で寝込んでいる道場主の波多野豊次郎《はたのとよじろう》の見舞いに訪れたのだった。

臨時廻りの仕事は、御府内《ごふない》を見回り、事件を拾《ひろ》い上げる定廻りとは異なり、ひとつの事件に集中して掛かる場合が多かった。それだけ捜査の腕を問われたとも言える。

人数は定廻りと同じく、南北の奉行所にそれぞれ六名ずついた。定廻りを八年から十年勤め上げた者の中から選ばれ、定廻り同心の指導役でもあった。

軍兵衛は五十二歳。左頰に刻まれた古傷が寒さに引き攣《つ》ることはあったが、五体にはまだまだ若い者には負けぬという気概《きがい》が漲《みなぎ》っていた。

この日も、道場に出て、門弟に稽古《けいこ》を付け終えてからの見舞いであった。

「済まぬな」

と波多野が、床に臥《ふ》せったまま言った。

「何を言われますか。こちらこそ、気持ちのよい汗を掻《か》かせてもらいました」

波多野は、如月派《きさらぎは》一刀流を身に付けていた軍兵衛が、抜刀術を学びに入門した時の師範代であった。歳も、軍兵衛より三つ年長である。

我欲に恬淡《てんたん》としていた先代の人柄に惚《ほ》れ、波多野の剣に懸ける情熱を是《ぜ》として、己のみならず、一子・竹之介《たけのすけ》をも入門させていた。

竹之介は新年を迎え十二歳になった。来年は、奉行所に出仕《しゅっし》する年である。それは、そっくりそのまま己が歩んで来た道程でもあった。長く険《けわ》しい道を歩くのに、六浦自然流の剣は道しるべとなるはずだった。

土産《みやげ》に持って来た軍鶏《しゃも》肉は、手伝いの婆《ばあ》さんに渡してある。独り身である波多野が、台所仕事のために雇《やと》った、近くに住む後家《ごけ》だった。夕餉《ゆうげ》は軍鶏雑炊《ぞうすい》になるのだろう。滋養《じよう》をつけ、汗を掻いて眠れば、風邪など直《す》ぐに治る。そのように鍛えてあるはずだった。

見舞いは済んだ。竹之介には、稽古を終えた後、奉行所に戻る旨《むね》話してある。

それでは、と辞去《じきょ》しようとした軍兵衛に、話がある、と波多野が言った。

「彦崎《ひこざき》さんを見掛けたのだ……」

忘れもしないが、思い出したくもなかった名前だった。

彦崎基一郎《きいちろう》――。

道場では、波多野と彦崎の申し合いは先代により厳しく禁じられていたが、両者と稽古をした軍兵衛にはどちらの方が腕が上であったか分かっていた。

彦崎は、父の代からの浪人だった。幼くして両親とともに国を追われ、流浪《るろう》の果てに江戸の裏店《うらだな》に行き着いた。母は、病を得、日に日にやせ衰《おとろ》えていく父を看《み》ようともせずに、彦崎を残し、家を捨てた。父が没したのは、彦崎が十四の時だった。彦崎が、図体《がたい》の大きさと腕力の強さを武器に、土地のすね者とつるみ出したのは、その頃からだった。それでも、意見をする者があり、一旦《いったん》は地道に精進《しょうじん》しようと、道場に通い仕官《しかん》を志《こころざ》しもしたのだが、いつの間にか、またかつてのすね者どもと交《まじ》わるようになっていた。

先代は、そんな彦崎の素行の悪さを取り上げ、流儀の品位を汚《けが》すとして嫌ったのだった。

――こんな道場、お前にくれてやる。

彦崎が木刀を波多野の足許に叩き付けて去った日のことは、よく覚えている。木枯《こがら》しの吹く寒い日だった。その日から彦崎の姿は江戸から消えた。

以来、今日の今日までただの一度も名を聞いたことがなかった。

「見掛けたのは、どちらで?」

「両国《りょうごく》の広小路だ。浅草御門の方に歩いて行った。確かめようとしたのだが、ひどい雑踏《ざっとう》でな。追い付けなかった」

「見間違いとかでは?」

「ない」

「いつ頃のことですか?」

「十日ほど前になろうか」

身形《みなり》はこざっぱりとしていた、と波多野が言った。その口調《くちょう》から、浪人暮らしを抜け出していないと知れたが、一応尋ねた。

「そのようであった」

波多野は、ふたつばかり咳《せき》をしてから、口を開いた。

「何ゆえ彦崎さんのことを話したかと言うと、軍兵衛殿が町回りのどこかで出会わぬとも限らぬからだ」

「…………」

「彦崎さんの目は暗く、乾いていた。あの目から察するに、大道の真ん中を、胸を張って歩くような生き方をしているとは思えぬのだ……」

「恐らく、そうでしょう」

道場というよりどころをなくした彦崎の行き着く先は、見えていた。

「知っての通り、先代は彦崎さんの、そのような付き合いを嫌われた」

波多野は、柔らかく目を閉じると、言葉を継いだ。

「私は、彦崎さんのために弁解はしなかった。先代が嫌うに任せていた。そして、師範代としての地位を固め、道場を受け継いだ……」

「それは違います。先代が波多野さんを選ばれたのは、外連《けれん》のない太刀筋が意に適《かな》ったからです。こう申しては何ですが、彦崎さんの剣は鋭《するど》かったが、人を活《い》かすためのものではなかった。私が竹之介を道場に通わせているのは、波多野さんの剣を善《よ》しとしたからです」

「ありがとう。これで眠れる」

道場から笑い声が聞こえて来た。板床の雑巾《ぞうきん》掛けを終えたのだろう。井戸端に走る足音が続いている。明るい。その明るさは、波多野が築いたものだった。

「また参ります」

「んっ……」

と頷いてから突然、立ち合うな、と波多野が言った。

「彦崎さんとは、何があろうと立ち合うなよ」

「どうして、そのようなことを。立ち合うはずがないでしょう」

「なら、よいのだが、ふとそのような気がしたのだ」

「考え過ぎるのは、身体に毒です」

「そうだな……」

口を閉ざした波多野に頭を下げ、軍兵衛は道場を辞した。

彦崎の剣が、脳裡《のうり》に甦《よみがえ》って来た。

仮借《かしやく》のない剣だった。間合のうちに飛び込み、相手の顎《あご》を柄頭《つかがしら》で砕《くだ》く勢いで、斬《き》り上げる。

そのような太刀筋は、六浦自然流の抜刀術にはなかった。彦崎が独自に考え出したものだった。もしかすると、彦崎は自ら望んで異端児になろうとしていたのではないか。そう思うと、何となく彦崎という人が分かるような気がした。

十五年前は、まともな稽古にならない程、軍兵衛と彦崎の剣技には差があった。今でも、立ち合って勝てるとは、到底《とうてい》思えなかった。

恐ろしい人が舞い戻って来たという思いが、軍兵衛の足を鈍《にぶ》らせた。

真っ直ぐ奉行所に戻る気になれず、栄橋東詰《さかえばしひがしづめ》の久松町《ひさまつちょう》にある煮売り酒屋《田貫《たぬき》》へと足を向けた。

常《つね》ならば、中間や小者を伴って動くのだが、この日は私《わたくし》の用だからと独りであった。

《田貫》に寄ろうと決めたのも、独りの気楽さと、いつも側にいる者がいない物足りなさからだったかもしれない。

《田貫》は、湯掻《ゆが》いて糸作りにした蒟蒻《こんにやく》に、細かく切った蜜柑《みかん》の皮や細葱《ほそねぎ》と甘く煮付けた醤蝦《あみ》を混ぜ込んだ［糸まぶし］が名物だったが、

――寒くなったら、［みぞれ汁］でございやす。あったまること、請け合いますぜ。

軍兵衛が手札を与えている岡っ引・小網町《こあみちよう》の千吉《せんきち》に、得々《とくとく》と聞かされたのは、昨年の暮れのことだった。《田貫》の主《あるじ》と千吉は、幼い時からの喧嘩《けんか》仲間だった。

この《田貫》で働いていた小女《こおんな》と恋仲になった板前が起こした事件が、軍兵衛の一家に新しい家族をもたらしたことは、『風刃の舞』に詳述してあるので省《はぶ》く

が、《田貫》には、その頃訪れて以来であった。

土地《ところ》の者を相手の商いゆえ、相変わらず看板も目印も出していない。しかし一度訪れたところは、三、四年経《た》とうが忘れる軍兵衛ではなかった。

腰高障子《こしだかしょうじ》を開けた。狭い土間が中央に走り、左右が板敷きの入れ込みになっている。

先客が三人いた。いずれも町の者だった。

「御免よ」

姿を見れば、八丁堀《はっちょうぼり》の同心だと一目で分かる。ふたりが顔を背《そむ》け、ひとりが軽く会釈《えしゃく》した。

奥に声を掛け、［みぞれ汁］と［田楽《でんがく》］を注文した。

「これは、旦那、その節は」

主《あるじ》と女将《おかみ》が、ふたり揃《そろ》って内暖簾《うちのれん》から顔を出し、頭を下げた。

「あったまったら直ぐに行く。熱いところを頼むぜ」

同心がいると窮屈《きゅうくつ》に思う者もいる。長居はしない方がいいだろう。

「へい」

大根を卸す音がしたかと思うと、［みぞれ汁］が来た。

塩と醤油《しょうゆ》で味を調《ととの》えた出汁《だし》に、大根を粗《あら》く卸した鬼卸しを加え、ひと煮立ちさせたところで芹《せり》をのせ、七味を落とすだけのものだったが、胃の腑《ふ》の底からあたたかくなった。

「美味《うめ》え」

誰に言うともなく言うと、顔を背けた男の一方が身体を斜《はす》に開いて、冬場は、と言った。

「こいつに限りやす」

「そう言って勧められたのよ」

芹の香も心地よかった。椀《わん》を両手で包んで飲んでいると、［田楽］が来た。味《み》噌《そ》の焼ける香ばしいにおいが食欲をそそる。一口食べた。味噌が唇に張り付く。熱い。

「旦那、お尋ねしてもようござんすか」

「何だ？」味噌を舌先でこそげ取りながら言った。

「あっしが善人か悪人か、旦那、お分かりになりやすか」

「決まってる。善かぁねえだろうよ」

「どうして分かるんでございやす？」男が、あまりの答えの早さに驚きながら訊いた。

「ちいとばかり、酒を飲むには早い刻限だからよ」

「違《ちげ》えねえや。それだけですかい？」

「いいや、最初俺を見て顔を背けた」

「気付いておられやしたか」

「なのに、疚《やま》しいところがあるのか、そっちから話し掛けて来た」

「………」

男を見た。顔立ちに覚えはなかった。男が杯を置いた。身形は粗末なものを纏《まと》っているが、使いっ走りにはない貫禄《かんろく》が、身体の髄《ずい》に通っている。軍兵衛は見直すような思いを飲み込み、言った。

「俺はお前さんが何をやったか知らねえ。知りたくもねえ。俺は食い、お前さんは飲む。それだけの繋《つな》がりで善しとしようじゃねえか」

男の顔から険しいものが消えた。

「旦那、お注《つ》ぎいたしやしょう」

男が銚釐《ちろり》を手に取り、膝を送って来ようとした。

「辰《た》っつぁん、ご迷惑だよ」女将が菜箸《さいばし》で暖簾を上げて、言った。

「折角《せっかく》だ。もらおうか」

軍兵衛は女将を制して、湯飲みを差し出した。

「ほれ、みろ。旦那は、ものが分かってらっしゃる」

受けた酒を飲み干して訊いた。

「辰っつぁんというのか、あまり見掛けねえ顔だな？」

「あちこちでくすぶっておりやすもので」

「そうかい、ご馳走《ちそう》になっちまったな」

残りの［田楽］を腹におさめた。これで奉行所まで歩ける。袂《たもと》から一朱金を取り出した。

「こっちの辰っつぁんの分もだが、足りるかい」

「今お釣りを」

「そんなに置いちゃいねえよ」

「旦那」男が膝を揃えた。

「何だよ。よせよ」

「ありがてえんですよ。浮いた分で、明日も飲めやすからね」

「また会いそうだな」

「そうかもしれやせんね」男が、軍兵衛の目を見詰めながら言った。

八ツ半（午後三時）。

奉行所の大門を潜《くぐ》ると、門脇の控所から小網町の千吉が飛び出して来た。

「小宮山の旦那がお探しでございやした」

仙十郎は、半刻《はんとき》（一時間）近く前に見回りを終えて、奉行所に戻っていると言う。

「分かった」

玄関から上がり、定廻り同心の詰所を覗《のぞ》いた。仙十郎の姿はなかった。定廻りの筆頭同心・岩田《いわた》巌《がん》右衛門《えもん》に訊いた。

「島村《しまむら》様のところでしょう」

島村恭介《きようすけ》。同心支配役である年番方《ねんばんかた》与力《よりき》を務めていた。この地位は与力の最高位で、町奉行所のすべてに通暁《つうぎよう》した者が就任した。

臨時廻りと仙十郎が属している定廻りには、直属の上役である与力がいない。何か指導を受ける時や指示を仰《あお》ぎたい時には、年番方与力を訪ねる仕組みになっていた。

「呼ばれたのか、出向いたのか、どちらでした？」

「鷲津さんと違って、出向いた方です」

お小言ではないらしい。臨時廻りを探し、年番方に行くのだから、何か起こったに相違なかった。

板廊下を奥へ進んだ。

同僚の加曾利孫四郎《かそりまごしろう》が、臨時廻り同心の詰所で茶を啜《すす》っていた。仙十郎が立ち寄ったか、尋ねた。何か話しているかもしれない。

加曾利も、今帰って来たところで、仙十郎には会っていなかった。

「何か、あったのか」

「それが分からねえから、ちょいと顔を出して来る」

奥を指さした。奥にあるのは、年番方与力の詰所だけだった。

加曾利が首を竦《すく》める真似《まね》をした。

年番方与力の詰所に行き、廊下から来意を告げた。

「入れ」

奥に、島村と仙十郎がいた。仙十郎が生真面目《きまじめ》に頭を下げた。

「俺を探していたそうだが、何か用か」

軍兵衛はふたりの脇正面に座りながら、仙十郎に訊いた。

「仙十郎が面白い話を聞いて来たのだ」島村が、湯飲みで軍兵衛を指して言った。「ぞろ目の双七という名に覚えはあるか」

「野火止の弥三郎の身内に、そんなのがおりましたな……」

十二年前、浅草御蔵の北にある諏訪町《すわちょう》の水油問屋に押し入り、一家と番頭、手代ら皆殺しの上、大川を使ってまんまと逃げ果《おお》せたのが、野火止一味だった。この野火止一味、唯一双七の名と特徴が割れたのだが、後は誰ひとりとして面が割れず、今も野放しになっていた。

「その双七に繋がる糸を、仙十郎が摑《つか》んで来たのだ」

「話してくれ」軍兵衛は仙十郎に言った。

仙十郎は、由比宿の吉兵衛を助けたところから順を追って話した。

「十年前とは、恐れ入ったな。もしそいつがぞろ目の双七となると、十二年前の一件の後、一旦は江戸を売り、ほとぼりがさめるのを見計らって、江戸に戻ったのかもしれねえな」

「政吉と双七に繋がりがあるのか、確たるものはない。細い糸だ。だが、今までは糸屑《くず》すらなかったのだ。探ってみて損はない」

「引き継いで、いただけますでしょうか」

仙十郎が言った。

今扱っているのは、お店の金をくすねて逃げている手代の行方を探すくらいなものだった。引き受けるゆとりはたっぷりとあった。

「倅の政吉の線から双七を探し出し、更にそこから野火止に辿《たど》り着けばよいのだな」

「そうなれば、浮かばれる仏も沢山おるだろう」島村が、口を添えた。

「よし、やるだけはやってみよう。で、その吉兵衛だが、どこで会える？」

仙十郎は、吉兵衛が宿泊している旅籠の名を告げてから、明朝五ツに奉行所まで来ることを話した。

「それを先に言わねえかい」

軍兵衛は、立ち上がると廊下に飛び出し、足音高く歩き出した。足音の向かう方向から、例繰方《れいくりかた》の詰所だと知れた。

程無くして、例繰方同心の宮脇信左衛門《みやわきしんざえもん》を伴って戻って来ると、政吉の特徴を教えてやってくれ、と言った。

「無縁仏の中に政吉らしいのがいるかいないか、調べてもらうのでな」

「書き記しておきました」仙十郎が懐から半切紙《はんきりがみ》を取り出した。細かな文字で、きっちりと書かれていた。

「いい手順だ。仕事が早いってのは気持ちがいいな」

軍兵衛が宮脇に言った。

「それで」と宮脇が、微《かす》かに腰を引きながら訊いた。「いつまでに調べればよいのでしょうか」

宮脇は一切の手抜きなく行き届いた仕事をする。しかし、その分だけ、刻限を切られるような、急ぎの頼みを嫌った。

「突然の話で済まぬが、明朝五ツまでに何とかならんか」

「大丈夫です。お引き受けいたします」

「そうか、恩に着るぜ」

「その必要はありません。手伝ってもらうのですから」

「……誰に？」

「勿論《もちろん》、鷲津さんにです」

軍兵衛の知らぬ間に、宮脇は反抗の術《すべ》を身に付けていた。

「軍兵衛、其の方の負けだ」

島村が、笑いを嚙《か》み殺しながら、宮脇に頷いてみせた。

調べが終わったのは、夜四ツ（午後十時）を回った頃合だった。

この十年の間に無縁仏として葬られた亡骸《なきがら》から、女子供を除《のぞ》き、更に年の頃を絞ると、調べを要する仏の数は限られていたが、それは陸《おか》の上の亡骸に限られた話で、厄介《やっかい》なのは土左衛門であった。

水に浮いたばかりの新しい亡骸ならまだしも、沈み、腐敗し、膨《ふく》れ上がって浮いて来た亡骸から身元を割り出すのは難しく、男女の別と大凡《おおよそ》の年頃を推測するくらいしか出来なかった。

ために、それを逆手に取り、殺して川に流したり、生きたまま簀《す》巻《ま》きにして沈めるなどの凶行は、随分と起こっていたのである。

――多いものだな。

改めて、土左衛門の件数に驚きながら、この十年の出来事を読み返しているうちに、時は瞬《また》く間に過ぎてしまったのである。

「得るものが沢山あった。礼を言うぜ」

帰ろうと玄関脇にある当番所の前を通ると、当番方与力の菅沼宗太郎《すがぬまそうたろう》が軍兵衛

を見て、隣にいる物書《ものかき》同心の脇腹を肘《ひじ》で小突《こづ》いた。物書同心が、跳ねるようにして顔を上げ、

「まだ控所で待っておりますが」

と言った。当番方は、夜間の駆《か》け込《こ》み訴えに対応するために設けられた御役目で、交代で朝まで詰めるのである。

「待たせていたのですか」宮脇が訊いた。

「いいや……」

千吉であることは間違いなかった。しかし、遅くなるから先に帰るように言い、序《つい》でに組屋敷に立ち寄り、宮脇信左衛門の御新造《ごしんぞ》と栄《えい》に伝えてくれるよう言っておいたはずだった。

「そっちは佐平《さへい》に回らせやしたが、何か急な御用があっちゃならねえと思いやして」

新六《しんろく》とともに、ずっと待っていたのだ、と言った。

「気が付かなかった。ありがとよ」

「とんでもないことでございやす」

門番に送られて潜り戸から奉行所を出た。

「腹が減っているんだが、この刻限でも何か食わせてくれるところを知らねえか」

千吉に訊いた。

「ございやす。屋台ですが、よろしいでしょうか」

「構わねえが、どんなものなんだ？」

「焼いた干物の身を解《ほぐ》したものに梅肉を乗せ、熱い味噌汁を掛けたものなんですが、これが冷えた身体に沁《し》みるんでございやすよ」

「場所は？」

「海賊橋《かいぞくばし》の西詰辺りに出ておりやす」

「この俺としたことが、知らなかったぜ」

「新顔でして、ようやく二月《ふたつき》になりやすか」

「するってえと、まだ屋台に擦れちゃいねえな」

「そのようで、出汁など丁寧な仕事をしておりやす」

「いいねえ。行こうぜ」

静まり返った町並みを首を竦めて歩きながら、宮脇にも付き合うように言った。

「申し訳ありませんが」

組屋敷に戻ると言う。

「まだ、家の者が食べずに待っているのです」

「この刻限までか」

驚いて訊くと、だからあまり急な調べは回さぬように願います、と言った。

宮脇の御新造を思い描いた。楚々《そそ》とした、たおやかな女《ひと》だった。

「以後気を付けよう」

せめてもの礼に、宮脇を組屋敷内の門前まで送ることにした。

「それらしい仏がいないってことは、政吉は生きているんでしょうね」

宮脇が、思い出したように言った。

「まだ江戸にいるかどうかは分からないがな」

由比宿の者が江戸で政吉を見掛けたのは、八年前のことだった。

「おりますよ」

「そうかな」

「国を捨てたのです。他に行き場はありません」

それが例繰方で身に付けた勘なのだろう、と軍兵衛は思った。

「俺も、そこに賭《か》けるぜ」

組屋敷が建ち並ぶ一角に着いた。宮脇の組屋敷は目と鼻の先だった。玄関に仄明《ほのあ》かりが灯《とも》されていた。

「では」

宮脇が軽く会釈して、仄明かりに向かった。歩みが速くなっている。

「その屋台だが」と軍兵衛が、千吉に言った。「酒もあるだろうな？」

「ないところに、あっしが旦那をお誘いしますか」

「違《ちげ》えねえ」

通りを折れ、小走りになって海賊橋に向かった。遠くに屋台の灯火が見えた。俄《にわか》に新六の足が速度を増している。腹が減っているのだ。先に行って注文しといてくれ。へい。新六の尻が跳ねた。

三

一月二十日。

朝五ツ（午前八時）を過ぎても、吉兵衛は奉行所に現われなかった。

小宮山仙十郎が臨時廻り同心の詰所に軍兵衛を訪ねて来て、言った。

「おかしいですね。使いを出しましょうか」

「何ぞ異変があったとも考えられるしな。そうしてもらおうか」

仙十郎が大門脇の控所から銀次を呼ぼうとすると、門番が旅籠の名を染め抜いた半纏《はんてん》を羽織った男を伴って来た。

「小宮山様、この者が火急《かきゅう》の知らせがあると申しておりますので、連れて参りました」

男は旅籠の名を口にすると、懐《ふところ》から巻紙を取り出し、頭の上に翳《かざ》した。

「手前どもにお泊まりの、由比の吉兵衛と仰《おっ》しゃる方からでございます」

「そうか」仙十郎は、門番を戻すと、「待っておれよ」と男に言い置いてから、封を解いて読み始めた。

政吉と思われる者が病で臥《ふ》せっていると知らせがあり、板橋《いたばし》宿まで行って見て来る。政吉ならば、その旨直ぐに知らせるが、もし人違いならば明日伺うという内容の文字が、手慣れた筆遣いで認《したた》められていた。

「吉兵衛のところに知らせが来たって話だが、いつ頃だか知ってるかい？」

「昨夜の宵五ツ（午後八時）になろうかという頃合でした」

「随分と遅いが、知らせに来たのはどんな奴だった」

「梅吉《うめきち》親分のところの若い衆でございました」

梅吉は、上野寛永寺《うえのかんえいじ》から三ノ輪《みのわ》一帯を縄張りにしている岡っ引だった。人の道に外れた者には鬼と異名を取る程怖がられたが、真っ正直に生きて来た者には損得抜きで力を貸す、評判のよい男であった。

「ご苦労だったな、ありがとよ」

仙十郎は男に駄賃を与え、軍兵衛に知らせに戻った。

「そいつが政吉なら、探す手間が省けるってもんだな」

軍兵衛の言を潮《しお》に臨時廻りの詰所を出、仙十郎は定廻りの詰所に戻った。詰所では、岩田巌右衛門を中心とした打ち合わせが終わるところだった。

「それでは、今日も一日遺漏《いろう》なきよう見回りを頼みます」

同心らは立ち上がると、それぞれの見回路に散って行った。

「小宮山」と岩田が言った。「只今《ただいま》皆に言うたことだが……」

律儀《りちぎ》な岩田が、仙十郎に掻《か》い摘《つま》んで教えている。

加曾利孫四郎は、廊下から定廻りの詰所を覗《のぞ》くと、小さく首を横に振りながら臨時廻りの詰所へと入って来た。

「どうした?」

軍兵衛が訊いた。

「あの、お前さんが買っている岩田の巌右衛門だが、ちいと細かくねえか」

「いいんだよ、あれで。皆が俺やお前だったら、奉行所は成り立たねえよ」

「かもしれねえな」

奉行所に不似合いな笑い声が、廊下まで響いた。

軍兵衛は、もし板橋宿の者が政吉ならば、赤痣の男がぞろ目の双七であるのか問い質《ただ》しに行かねばならぬゆえ、その前に、今引っ掛かっているお店の金をくすねていなくなった手代の件を始末することにした。

千吉らの調べによると、どうやら叔父《おじ》を頼って銚子《ちようし》の方に逃げているらしい。千吉は女房が安房《あわ》の出であり、子分の佐平も安房の産だった。ふたりとも、江戸から東方には土地勘があった。大利根《おおとね》の流れに乗り、銚子に行くなど造作《ぞうさ》もないことだった。

だが、勝手に手出しすることは出来なかった。江戸御府内《ごふない》の外は、勘定奉行配下の関東郡代《ぐんだい》の支配地であり、江戸の町方《まちかた》が手出し出来る場所ではなかったのである。

（お店の連中にやらせるか）

大店《おおだな》には、奉公人が起こした不行跡《ふぎようせき》を取り調べ、裁く世話役がいた。世話役の定員はお店によって異なったが、奉公人が多くいるお店は、その分世話役も沢山いた。平均すると十名前後だと言われている。世話役は、奉公に上がってから三、四十年以上の者から選ばれることが多いが、不行跡の者を連れ戻しに掛かるような場合は、二十年以上の者の中から指名された者が臨時の世話役として出向くこともあった。追うには、頑健《がんけん》な身体が必要だったからだ。

このような世話役の設置を促したのは、お店から縄付きを出し、暖簾を傷付けたくないという、老舗《しにせ》の考え方にあった。

世話役が奉行所の役人に代わって連れ戻すという遣り方は、恥を外部に晒《さら》さずに済み、お店にとっては願ってもないことだったのである。

一方奉行所にしても、未処理犯罪、すなわち永尋《ながたずね》の案件として棚に眠らせておかずに済む上、お店の窮状を察してくれたとして付届《つけとどけ》が来るので、歓迎こそすれ、異を唱《とな》えるものではなかった。

それから一刻（二時間）後、軍兵衛の姿は、本石町《ほんごくちよう》の蠟燭《ろうそく》問屋《淡路屋《あわじや》》喜《き》左衛門《ざえもん》方の奥座敷にあった。

「わざわざのお運び、ご苦労様にございます」

主の喜左衛門と世話役の者ふたりが、目の前に畏《かしこ》まっている。

「逃げている手代の一件だが、多くは言わねえ。足取りを調べた結果、どうやら銚子の叔父貴《おじき》の家にいるらしい」

やはり、という表情をして、世話役のふたりが顔を見合わせている。

「どうだい」と軍兵衛が、三人に言った。「支配違いゆえ始末を任せてえんだが、そっちで手代に意見してもらえるかい」

「よろしいんで」三人の顔が、同時に綻《ほころ》んだ。

「よろしいもよろしくねえも、俺たちゃ手代の顔を知らねえし、野郎が江戸に舞い戻って来るのを待っていたら、いつになるか分からねえしな。助《す》けてくれれば、助《たす》かるってもんだ」

「それでしたら、喜んでお手助けさせていただきましょう」

「話が早くていいや。ありがとよ。これは」

と言って軍兵衛が、懐から半切紙を取り出し、喜左衛門に手渡した。

馬喰町《ばくろちょう》の関東郡代屋敷で発行してもらった許可状だった。代官支配地内で、町屋の者が己のお店の不行跡者を捕えることが出来た。町方が捕えるのではなく、身内が始末を付けるのだ、と話を通せば発行してもらえるものだった。これさえあれば、万一捕縛行為を咎《とが》められた時も安心だった。町奉行所も、関東郡代の支配地から咎人《とがにん》が江戸市中に逃げ込んだ時は、同様の便宜《べんぎ》を図っていたので、お互い様でもあった。

「もし、どこぞに頭の固い役人がいたら、見せるがいい。魔除《まよ》け札代わりになるだろうよ」

「何から何まで、御礼の申し上げようもございません」

喜左衛門と世話役が、畳に額《ひたい》を押し付けんばかりに頭を下げた。

「用ってのは、それだけだ。忙しいところを、手間を取らせて済まなかったな」

しつこく礼を言われるのは、好むところではなかった。軍兵衛は立ち上がると、さっさと《淡路屋》を後にした。

その頃――。
八丁堀の組屋敷にある、年番方与力・島村恭介の屋敷の奥の間に、故押切玄七郎《おしきりげんしちろう》の娘・蕗《ふき》はいた。奥様と、やはり行儀見習いに来ている八重《やえ》と三人で、繕《つくろ》いものをしていたのだ。

島村家に預けられ、ようやく二月目に入ったところだった。にも拘わらず、十六、十七、十八日と、八重始め他の朋輩《ほうばい》とともに宿下がりをさせてもらっていた。奥様のお蔭だった。

――皆と同じでないと可哀相《かわいそう》ですよ。

と奥様が、旦那様に仰しゃって下さったのである。

宿下がりの間は、鷲津家にいた。

竹之介は走って道場に行き、飛ぶような勢いで組屋敷に帰って来、大きな事件《こと》がないからと、軍兵衛も定刻に戻って来た。

竹之介と蕗は、ともに夕餉《ゆうげ》を囲み、他愛《たあい》もないことで笑い合った。

「私の昔着ていたものを、仕立て直してみました。さ、着てご覧なさい」

栄が、小菊を散らした娘らしい模様の着物を出して来た。しきりに遠慮する蕗の言葉には耳を貸さず、栄はさっさと蕗の肩にそれを掛けた。

「似合うじゃねえか」軍兵衛が言った。

「いいよ、うん。すごく、いい」竹之介が頬を紅潮《こうちょう》させて言った。栄は満足げに頷いている。

鷹《たか》が小菊柄の裾を引っ張って笑った。蕗は、はにかみながら、つと着物の襟元を引いた。

宿下がりは、あっと言う間に過ぎた。

それにしても――、と蕗は思った。町同心の家も町与力の家も、驚くことばかりだった。

どちらの家にも、毎朝髪結《かみゆ》いが来て、髷を結い、月代《さかやき》を剃《そ》るのだ。髪結いから市中の噂《うわさ》話《ばなし》を聞くためであったが、その代わり髪結いは、冥加金《みょうがきん》を納めずに済んだ。また奉行所が火事になった時は、直ぐ様駆け付け、書類を運び出すことと決められているのだそうだ。蕗にとっては、初めて聞く話だった。

そして毎日ではないが、早朝、湯屋に行き、留湯《とめゆ》にしてひとり女湯に入るのだ。女湯から男湯の話を聞いているのだそうだが、湯屋で聞いた話から手掛かりを拾ったことは、何件もあったらしい。そのために町与力も町同心も、毎年、一俵とか一俵半の米を湯屋に支払っていると聞いた。贅沢《ぜいたく》な話だ、と蕗は耳を疑った。

蕗の父は生前、黒鍬《くろくわ》と言われ、将軍家が出行した時の草履《ぞうり》取りや荷の運搬を御役目としていた。町同心と同じ御家人《ごけにん》だったが、御馬飼、御掃除の者など五役の者とともに身分は低く、俸禄《ほうろく》は十二俵一人扶持、金子《きんす》に換算すると約六両であった。

組頭の真崎《まざき》様がよく、我らは人扱いされておらぬ、と嘆《なげ》いておられたが、本当に貧しかった。

継ぎの当たっていない着物など着たことがなかったし、膳《ぜん》の上も寂しいものだった。

父が傘張りの仕事をこっそりとしていた時は、野草の浮いた粥《かゆ》を啜《すす》っていた。それでいて、公儀御用を務める時は、大刀の所持を許されず、腰に差せるのは脇差《わきざし》だけであったし、城勤めに出ても、五、六年は苗字《みようじ》を名乗ることさえ許されなかった。

母の薬料のこともあり、父は金で人を殺《あや》める仕事に身を投じた。どれ程の金子を得ていたのかは知らないが、右から左に薬料として消えていたのだろう。何か贅沢をしたという覚えは、蕗にはなかった。

その父も母も、もういない。貧しさの中で、黙々と生き、恨《うら》み言ひとつ言わずに死んで行き、私ひとりが残されたのだ、と蕗は今更ながら今いる己の場所を見回しながら思う。

継ぎ当てひとつない着物を着、尾頭の付いた魚を食べ、汁を吸い、炊《た》き立てのご飯を口にしている。伯父《おじ》の家を飛び出し、江戸に舞い戻り、行く当てのなかった己が、どうしてこんなに恵まれたところにいるのか、父や母が亡くなった時から長い夢を見ているような気もした。

そんなことを考えて、思わず手を止めていた時、旦那様に言われたことがあった。

——過ぎたことを何かと思い出すかもしれぬが、思い悩むことはないぞ。そなたは、儂《わし》が鷲津家から預かった大切な宝物だ。そなたも、己のことを宝物と思い、大切にせい。今はそれで十分なのだ。分かったな。

ありがたいお言葉に、涙が止まらなかった。

——おやおや、旦那様に泣かされたのですか。

奥様に訳を話すと、大層驚かれ、

——旦那様は、御奉行所でも、そのようなお話をなされるのですか。

とお訊きになられた。すると旦那様は、軽く咳《せき》をなされて、そうよな、と頷かれていたが、ぽんと手を叩かれ、

——だが、あの軍兵衛だけはいかん。直ぐ雑《ま》ぜ返すのだ。

その時のお顔がひどくお悔しそうだったので、奥様と笑ってしまったことを思い出し、蕗は思わず知らず笑っていたらしい。

目敏《めざと》く気付いた八重が、

「何か楽しいことがあったのね」

と宿下がりでのことを訊きたがったので、適当に話をこしらえて話しているうちに、針で指を突いてしまった。

指先を見ていると、赤い小さな染みが出来、それがぷくっと丸く膨れて来た。罰《ばち》が当たったのだと思った。こんな小さな罰で済めばいいけど、と目を瞑《つぶ》り、胸の中で懸命に祈った。

「大丈夫ですか」

奥様と八重が心配そうに見詰めている。心配をお掛けして申し訳ございません。もう大丈夫です。

ふたりにではなく、蕗はそれが己に言い聞かせているのだ、とはっきり感じながら、笑顔を見せた。

四

一月二十日。六ツ半（午後七時）。

岡っ引・霊岸島浜町《れいがんじまはまちょう》の留松《とめまつ》と子分の福次郎《ふくじろう》は、湊橋《みなとばし》北詰にある北新堀町《きたしんぼりちょう》の煮売り酒屋《ひょう六《ろく》》にいた。留松は初めて来たのだが、福次郎は三日にあげず来ているらしい。酒や肴《さかな》が目当てではなく、小女《こおんな》の顔を見たさに足繁《あししげ》く通っているのだ。

「何と言いやすか、その娘の笑い声を聞いているだけで、一日の疲れが取れるんでございやすよ」

と、大して疲れていそうにない顔をてらてらと光らせた。

小女の名は、園《その》。留松には、園の笑い声のどこがどう、とも思えなかったが、福次郎が園の笑い声が聞こえる度に、ほらねっ、という顔をするので、適当に相槌《あいづち》を打っていた。

園の他にも、もうひとり杉《すぎ》という名の小女がいた。ふたりの小女を置いているだけに、台所と戸口を結ぶ土間を中に、左右に八畳程の入れ込みのある大きな煮売り酒屋だった。

肴の味付けも、上の中と言うところだろう。よかった。

「ここに来たら、先《ま》ずは「八杯豆腐《はちはいどうふ》」を食って下さい」

「八杯豆腐」なら、三日か四日置きに食べていた。今更と思い、断ろうとしたが、福次郎は頑固だった。

「騙《だま》されたと思って食べて下さいよ」

たかが豆腐で食い下がられても面倒なので、注文すると、これが美味《うま》かった。

豆腐を拍子木《ひょうしぎ》のように細長く切り、その上に出汁六、醬油一、酒一の割合でこさえた八杯汁を注《さ》し、ぐらっと煮立ったところで葛《くず》でとろみを付ける。これだけのものなのだが、出汁と豆腐が違うのか、まるで別の食べ物だった。

「美味《うめ》えよ」

「でしょう」

嬉《うれ》しくなっちまったな。福次郎は、掌《てのひら》を擦り合わせながら呟《つぶや》くと、園を呼んだ。

「こちらは……」

「福」

でけえ声を出すな。留松が注意した。岡っ引と気付けば、四囲の客が煙たがらぬとも限らない。福次郎が、声音を抑えて言った。

「おいらの親分なんだよ」

園が、まあというように口を開け、留松の横に座ると酌《しやく》をした。

「お園ちゃんと言うのかい？」

「はい」

「こいつが、お前さんをあんまり褒《ほ》めるんでな、来てみたんだが、その甲斐《かい》があったってもんだよ」

「嬉しい。熱いの、つけさせて下さい」

園は、立ち上がると、客の間を縫《ぬ》うように歩き、土間の際に行き、台所に向かって大声で注文を通した。

「親分さんにお酒」

入れ込みの空気が、瞬間震え動いた。明らかに動揺したのがふたり。極力知らぬ振りをしようと身を固くしたのが、二、三人いた。留松は、園が声を上げたと同時に顔を起こしていたので、客の様子がよく見えた。福次郎も気が付いたのか、小さく頭を下げた。

「気にするな。飲むぞ」

隣の客は、盆に銭を投げ置くと立ち上がり、一言も発さずに戸口に向かった。

明らかに、岡っ引を毛嫌いしての所作《しょさ》だった。

岡っ引の中には、強請《ゆすり》やたかりなど、嫌われるだけの行ないをしている者が沢山いたのである。

(俺は、そんな奴どもとは違う)

言いたいのは山々だったが、口にしても詮無《せんな》いことだった。自らの行ないで証《あかし》を立てるしかなかった。

銚釐が来た。福次郎が、肴を頼んでいる。園は、何も気付かず、楽しげな笑い声を立てている。今度は福次郎も、ほらねっ、という顔はしなかった。

酒を杯に受けた。飲んだ。熱燗《あつかん》が胃の腑《ふ》の底で弾《はじ》けた。

園と杉が肴を運んで来た。七輪が置かれ、小鍋《こなべ》に出汁が注された。刻み葱と鰯《いわし》のつくねが皿に盛られている。出汁が煮立ったら、つくねを入れ、葱をたっぷりと掛けて食べるのだ。

「これがまた、いけるんですよ」

福次郎が待ちきれずに、つくねを落とし入れている。

箸《はし》を使う音が、真っ直ぐ耳に届いた。客の姿が減った分、静かになっていた。

ふと、よい香りがした。何だ？　目で追うと、皆に背を向け、ひとり隅で飲んでいた味噌漉縞《みそこしじま》の着物を着流した男が煙草《タバコ》をくゆらせていた。

斜め横にいた丸に伊の字の半纏を着た男が、男に何か話し掛けている。半纏の指が煙管《キセル》を指しているところから、何を話題にしているかが分かった。二言三言、言葉を交《か》わしてから、男が刻みを半纏に分けている。話を打ち切ろうとする素振《そぶ》りが見えた。半纏は卑屈《ひくつ》な程頭を下げると、仲間と勘定でもめながら店を出て行った。

風が、何かの拍子で向きを変えたのか、戸口を震わせ、吹き抜けて行った。堀を渡り、橋を越え、横町を曲がりくねり、どこかの暗がりでひっそりと熄《や》むのだろう。

犬が吠《ほ》えた。男が盆に銭を置いて、すっと戸口から出て行った。

潮時が重なったのか、二、三組の客が纏《まと》めて勘定をした。軽口を交わしながら客を送り出した園と杉は、暫《しば》し後片付けに追われている。留松と福次郎は「つくね汁」に舌鼓《したつづみ》を打った。

「嫌になっちまうよ」

と杉が、ひどく嗄《しわが》れた声を出した。

「一刻もいたのに、酒を飲み残しているよ」

銚釐を横に振っている。音の具合からして、半分近くは残っているらしい。

「弱いのに、飲《つ》みに来るんじゃないよ」

杉が悪態を吐きながら、よろけた。相当に酒が回っている。酌婦の真似事もしているのだろう。

「きっと」と園が言った。「姐《ねえ》さんの顔を見ていたかったんですよ」

「そうかしら。だったら、許して上げなくちゃね」

杉が、ひどく老《ふ》けた顔をして笑った。どのように生きて来、どのように生きて行くのか、留松は垣間見《かいまみ》たような気がした。福次郎を見た。何か、園に指し示している。

「忘れもんじゃねえのかい」

男のいたところに、煙管と煙草入れがあった。

「あらっ」と言って、園が手に取った。

「そそっかしい野郎だな」

「届けた方がいいかしら」

園が訊くともなしに訊いた。

「よせよせ」と福次郎が答えた。「この寒空に出るこたぁねえよ」

「でも気の毒じゃない」

「追い掛けたところで、こんな夜は走って帰《けえ》るから追い付かねえよ」

「どうかしら、ちょっと見て来るわ。常連《なじみ》をひとり増やせるかもしれないもの」

言うが早いか、園は戸を開けて飛び出した。

足音は戸口を出たところで一旦止まった。男の姿を探そうと、左右を見回しているのだろう。間もなくして、高い下駄の音が北の方へと消えて行った。

そのまま半刻（一時間）経っても、園は戻って来なかった。


「遅かねえですか」

言い出したのは、福次郎だった。

「そうよな……」

男に追い付いたのなら、忘れ物を渡すのに手間取ることはないだろうし、見付からないのなら、疾《と》うに帰って来ているはずだった。考えられることはふたつ。

男とどこかにしけこんだのか、それとも園の身に何か起こったのか、だった。

北新堀町は、塩問屋と酒問屋が多く建ち並び、しけこむ場所は限られていた。そこを一軒一軒探すのは造作もないことだったが、野暮《やぼ》のような気もした。納得ずくかもしれない。

「あの忘れ物をした客だが、何度か来ているのかい？」留松が主に訊いた。

「いいえ、覚えがありませんので、初めてかと」

杉が、一刻もいて、と悪態を吐いていたのを、留松は思い出した。

「長《なが》っ尻《ちり》だったようだな」

「僅《わず》かばかりの酒を嘗《な》めておりやした」

「酔っちゃいなかったんだな？」

「とても酔えるような量じゃございやせん」

「誰かを待っていたというような節は？」

「さあ、どうでしょうか」

何か気が付いたか？　主が、杉に訊いた。杉は、首を横に振った。

「まあ、放《ほう》ってもおけねえしな。近くを一回りして来るか」

「そう来なくっちゃ」

福次郎が先に立って、土間に下りた。提灯を借り、表へと出た。

氷のように冷たい海風が、新堀川沿いに吹き上がって来ていた。首を竦めても冷気が身体を縛り付ける。

こんな時に、外で立ち話はねえ。どこぞにしけこんだに違いねえ。

そう思いはしたが、言い切れる程の証がある訳でもない。隣の箱崎町《はこざきちょう》まで足を延ばしてみることにした。

箱崎町には、山谷舟《さんやぶね》の船宿が沢山あった。山谷舟は、山谷、すなわち吉原《よしわら》通いの遊客が乗り合った舟のことで、猪牙舟《ちょきぶね》とも言った。

河岸に舫《もや》ってある舟の艫《とも》や舳先《へさき》が、風の呼吸に合わせて擦れ、呻《うめ》いている。冬の鳴き声だった。

ぶるっと肩を震わせ、留松は福次郎を見た。福次郎が目を背けた。まだ探すつもりでいるらしい。

「もう少しだけだぞ」

道の左側には町屋が並び、右側には武家屋敷の白い土塀が続いていた。久世《くぜ》大和守《やまとのかみ》の中屋敷を通り過ぎ、松平伊豆守《まつだいらいずのかみ》の下屋敷に差し掛かったところで、先を行く福次郎が足を止めた。

「どうした？」

訊く間もなく、走って来る男の影と提灯が見えた。提灯には、「箱崎町二丁目自身番」と書かれていた。福次郎が両手を広げて、男を押し留《とど》めた。

「何があった?」

留松が、北町奉行所の臨時廻り同心・加曾利孫四郎の手先だと言って、十手《じって》を見せた。

「親分さん、丁度よかった。人殺しでございます」

男が振り向いて、暗い通りを指さした。

「女か」福次郎が訊いた。

「いいえ」

「本当か。その目で、見たんだな?」

「御武家様でございました」

「どこでえ、場所は?」留松が尋ねた。

通称裏河岸《うらがし》と呼ばれているところだった。夏場ならば、日が落ちても涼を求める人出があったが、冬場は、夜になると船宿の酔客も滅多《めった》に通らない、暗い河岸となった。

「よし、分かった」留松は男に言ってから、福次郎に命じた。「手前《てめえ》は、一旦

《ひょう六》に戻って、お園のことを話した上で、加曾利の旦那の御屋敷まで走り、お連れして来い」

「お園は？」

「仕方ねえだろ、後回しだ。行け」

福次郎が南に向かって駆け出した。

「こっちも行くぜ。案内しな」

走りながら、誰か見張りに立っているのか訊いた。大家《おおや》がふたりで見張っているということだった。

土地や借家を持っている家主《いえぬし》が、物持ちゆえに義務付けられている店子《たなこ》の監督などの煩《わずら》わしさから逃れるために雇った代行人が家主《やぬし》であり、別名大家だった。

「誰が見付けた？」

「今見張りをしている大家のひとりでございます」

「自身番にいなかったのか」

「申し訳ありません。ちょいと、家に戻った帰りに見付けた、という具合で」

大家の家は、箱崎町にあった。裏河岸の目と鼻の先である。

「そうかい」

裏河岸の堀に面した石段の上に、武家が倒れていた。賊と抜き合わせる間もなく、脇腹を刺され、倒れたところを、更に二度三度と刺されたらしい。身体はまだ温かく、血は固まらずに傷口から流れ出していた。刺されて間がないのだ。

ざっと見たところ、斬り傷はなく、刺し傷だけのようだった。刀ではなく、匕首《あい》《くち》のようなもので刺し殺されたとなると、町屋の者が殺したと思われた。武家奉公をしている女子《おなご》の懐剣かとも一瞬考えたが、女子の殺しとは思えぬ手際のよさが感じられた。

しかし、そのことは口にしないで、仏を見付けた時の様子を大家に訊いた。誰の姿も見掛けておらず、また誰の足音も聞いていなかった。大家の言葉に嘘《うそ》偽《いつわ》りがあるとも思えなかった。

次いで留松は、知らせに走って来た店番《たなばん》の男に、

「済まねえが」

もう一度夜道を駆けてくれるように頼んだ。

「霊岸島浜町に前谷《まえたに》順庵《じゆんあん》という御医者がいる。留松が至急来てくれと言っているからと伝え、案内して来てくれねえか。順庵先生の家は、自身番で訊いてくれ」

「承知いたしました」

走り行く男の背を見送りながら、留松は辺りを見回した。

ずらりと並んでいる武家屋敷は、御三卿《ごさんきょう》の田安《たやす》家の下屋敷を始め、幕府の重職を担《にな》って来た土井大炊頭《どいおおいのかみ》の中屋敷、松平伊豆守の下屋敷、久世大和守の中屋敷と、武家を刺した者が逃げ込むとは思えぬ御屋敷ばかりだった。

武家屋敷を使わずに逃げるとなると、逃げ道は三つ、湊橋、崩橋《くずればし》、永久橋《えいきゅう》のどれかを渡るしかなかった。

湊橋の方を見た。その方向からは、己と福次郎が園を探してやって来ていた。人の姿を見掛けた覚えはなかった。となると、残る橋はふたつ。崩橋か永久橋かだ。崩橋を渡った行徳河岸《ぎょうとくがし》の近くには自身番があり、永久橋には辻番《つじばん》があった。きっちりと人の行き来を見ていれば、素振りの怪しい者が通ったか、およその見当《けんとう》が付くのだが、冬場の夜である。腰高障子を閉ざしているに相違なかった。

そこに至り、もうひとつの逃げ道に気が付いた。舟だ。

浜町堀から舟を使ったとなると、足取りを追うのはお手上げだった。

「直ぐに戻って来るから、見張っていてくれよ」

「どちらへ？」

大家の片方が訊いた。

「小網町の自身番だ」

崩橋を渡った先にあった。留松が崩橋を渡る目的は、他にもあった。

今、動き回り、あれこれと命じている場所は、小網町の千吉の縄張りだった。留松は千吉の許《もと》で十年の間、下っ引として修業させてもらっていた身である。おかみさんの炊いた飯を食い、実の息子同様の世話も受けていた。だからと、心安立てに振舞う訳にはいかなかった。挨拶《あいさつ》が遅れては、岡っ引としての筋を外してしまう。

自身番で聞き込みを済ませた足で、千吉が女房の繁《しげ》にやらせている一膳飯屋《千《せん》なり》に向かった。

勝手口を開けると、千吉と新六と佐平が、入れ込みに座り、丼《どんぶり》で飯を食っている最中だった。煮魚に卵焼きと香の物が、大皿に盛られている。

「おう、どうしたい？」

正面を向いていた千吉が、米粒を飛ばしながら言った。新六と佐平が振り返って、慌てて頭を下げた。二人に頷いて見せてから千吉に、

「裏河岸で殺しがありやして、そのお知らせと、成り行きで手前が手を付けちまったので、ご挨拶に伺いやした」

留松は膝に手を置いて、頭《こうべ》を垂れた。

「他には、誰か、いるのかい？」

「福次郎が加會利の旦那を呼びに行き、今は大家に仏を見張らせておりやす」

「頭数が足りねえな。構わねえから、新六と佐平を使ってくれ」

「そんな、親分」留松が顔の前で手を横に振った。

「遠慮はなしだ。俺たちゃ身内だぜ」

「ありがとうございやす」

「飯の続きは後だ。口の中のものは、茶で流し込め。行くぜ」

言った時には、千吉は立ち上がっていた。そこに女房の繁が、内暖簾を払い除《の》けながら現われ、土間にいる留松に気付いた。

「あら、珍しいじゃないか」

「どうもご無沙汰《ぶさた》をして」

「そんなこたあ、後だ」

千吉が、留松を勝手口から押し出した。

「鉄砲玉だね。どうしたんだい？」

繁が佐平に訊いている。

「殺しだそうです」

「嫌だ、嫌だ。剣呑《けんのん》、剣呑」

繁は袖に手を入れ、また座敷の方に戻って行った。

表に出ると千吉が、留松に言った。

「俺たちゃ助《す》けだ。何でもいい。指図してくれ」

「それでは」

留松は新六に、永久橋北詰近くにある辻番に行き、今から半刻前からこっちに、町屋の者が通らなかったか訊くように頼み、佐平には園の一件を頼むことにした。

「《ひょう六》って煮売り酒屋を、知ってるか」

「縄張りうちですぜ」

「そこのお園という小女がいなくなったんだ。まだ戻っていないようなら見回ってくれねえか」

「分かりやした。あの娘なら、よく知っておりやすので、任せておくんなせえ」

「頼んだぜ」

ふたりが闇《やみ》の中に走り去って行った。

「俺は、何をしたらいいんだ？」千吉が訊いた。

「あっしと一緒に裏河岸の方にお願いいたしやす。まだ御武家がどこの誰かも分かっていねえ始末なんで」

「分かった。急ごうぜ」

千吉が走り出そうとして、先に行くようにと、道を留松に譲《ゆず》った。

「親分」

「馬鹿野郎。この一件は、手前のだ」

「へい」

留松は、先に立って走り始めた。


留松と千吉が裏河岸に着いたのとほぼ同時に、医師の前谷順庵が駆け付けて来た。

店番の姿がない。訊いた。

「脇腹が痛くなったと言うので置いて来た。追っ付け来るだろうよ」

「案内するのがそんなので、申し訳ありやせんでした」

「何、構わないよ。案内などされなくても、ここなら分かるからね」

順庵は、倒れている武家の脇に膝を突くと、刺し傷だけのようだが、ここでは暗過ぎるとして、明るい場所に移すように言った。

「間もなく臨時廻りの旦那がおいでになる手筈《てはず》になっておりますので、それまでちょいと待っておくんなさい」

同心の許しがなくては、亡骸を動かすことは出来なかった。

しかし、同心が来るまでにやれることもあった。例繰方に出す、見付かった時の亡骸の様子を書き記すことである。

舫《もや》い綱を結ぶ杭《くい》から何尺のところに頭部、石段の端から何尺のところに足などと細かく書き、簡単な絵を付けておけばよかった。

書き終えてから、亡骸の懐を探ってみた。紙入れがなかった。抜き取られたらしい。

金目当てなのだろうか。だが、金目当てならば、町屋の者を狙《ねら》うだろう。わざわざ刀を持つ武家を襲うとは考えられなかった。

身形からして、主家持ちの侍のようだった。羽織と印籠《いんろう》の紋所を見た。分銅《ふんどう》桜《ざくら》で一致しているが、主家の紋ではないので、いずれの御家の侍かまでは分からなかった。

頭から北に二間《けん》（三・六メートル）のところに、燃え尽きた提灯が落ちていた。

火袋も竹の籤《ひご》も燃えていたが、柄だけは燃え残っていた。

「これじゃどうにもなりやせんね」

留松が千吉に見せているのを横から覗いていた大家が、燃え残りを凝《じ》っと見てから、もうひとりの大家に見せている。

「何だ？　何かあるなら、言ってみな」

千吉が訊いた。

「この柄は、ぶら提灯ではなく、弓張《ゆみはり》提灯でございます……」

ぶら提灯は棒のような柄の先から提灯をぶら下げる式のもので、弓張提灯は竹などを弓のように曲げて作った柄の上下に火袋を取り付ける式のものだった。大きな違いは、ぶら提灯は風に揺れるが、弓張提灯は火袋の上下が固定されているので揺れないことであった。

「それが、どうした？」

「この御武家様が裏河岸の船宿から出ていらしたとすると、弓張提灯を持たせる船宿は一軒しかございません」

「どこだい？」

大家がふたり一緒に指をさした。

建ち並んでいる船宿の中程に、船宿《千歳《ちとせ》》と記された柱行灯《はしらあんどん》が見えた。

客として、この御武家が来ていたか、来ていたものなら、どこの御家中《ごかちゅう》か知っているか。直ぐにも問い質しに行きたかったが、同心を呼び立てた以上、到着の前に出過ぎた真似は出来なかった。

苛立《いらだ》とうとする心を抑えていると、遠くから足音がした。

着物の裾が、走りに合わせて大きく左右に開いている。八丁堀の同心独特の走りっ振《ぶ》りだった。走り易《やす》いように、と身幅を女幅にしているのである。

「いらしたようだな？」

千吉が半歩下がった。

「済まねえ。待たせたな」

加曾利孫四郎が、息切れひとつせずに言った。その後ろで福次郎が、犬のように舌を出していた。

五

神隠しに遭《あ》ったのかもしれやせん。

《ひょう六》の主が言い、杉がしきりに頷いた。

「そんな馬鹿な話があるもんかい」

佐平は、もう一度見回って来るから、と《ひょう六》を飛び出した。

小女の園が、客の忘れ物を届けに出て一刻（二時間）になる。

客とどこかにしけこんでいたとしても、もう疾うに戻ってよい刻限だった。

面倒に巻き込まれたとしか思えなかった。

湊橋のたもとに立って辺りを見回した。どっちを探そうか。

御船手《おふなて》屋敷のある東の方は、もう三度も見回った。湊橋を南に渡った南新堀《みなみしんぼり》一丁目辺りも隈無《くまな》く探した。

過《あやま》って堀に嵌《はま》ったかとも考え、汀《みぎわ》に沿って歩いた。醤油酢問屋《田丸屋《たまるや》》の敷地が開け、明樽《あきだる》が干されていた。

樽の周りを見た。二、三の樽を覗いた。だが、ここは《ひょう六》を出てからいくらも離れていないところだった。まさか、こんな近くにはと思い、更に汀に沿って足を延ばした。

どこにも園らしい姿は見えなかった。園を見掛けた者はおろか、通る人の気配すらなかった。

探すのを諦め、《ひょう六》へと戻った。

もしかすると、帰っているかもしれない。

そこに一縷《いちる》の望みを託したのだが、水を打ったように静まり返っている店のたたずまいが、すべてを語っていた。

腰高障子を開いた。皆が一斉に佐平を見た。

「どこにもおりやせん」

朋輩の杉が、突然畳に突っ伏して泣き声を上げた。襟足の髪がほつれ、垂れている。

「泣くねえ。まだどうにかなったと決まった訳じゃねえ」

主が、叫んだ。

「そうだよ。泣いたって何もよくならないんだよ」

脂の浮いた顔を光らせながら、主の女房なのだろう、女将らしい女が言った。

「もう一度、見て来やす」

佐平は閉めたばかりの戸を開け、外に走り出た。

暗い空から、冷たい風が吹き下ろして来た。背を丸め、路地を縫うようにして歩いた。

何か黒いものが路地の奥に横たわっていた。駆け寄った。

風に飛ばされた筵《むしろ》だった。

(脅かしやがって)

佐平は荒っぽく息を吐くと、路地を更に奥へと走った。

それに遡《さかのぼ》る少し前――。

裏河岸に着き、留松から事の経緯《あらまし》を聞いた加曾利孫四郎は、大家と店番の三人に武家の亡骸を北新堀町の自身番に運ぶよう命じた。

手近なお店に事の次第を話し、戸板を借りて、載せて運び、仏を運んだ翌日、塩で清めてから返すのである。

仕事が増えた大家が、半泣きになりながら承諾した。

「福次郎は」と加曾利が、亡骸を顎で指した。「順庵先生に検分してもらっておいてくれ」

「念入りに診《み》ておくことはありますかな」順庵が訊いた。

「刺し傷の深さと、斬り傷は本当にないのか、そんなところでしょうか」

「心得ました」

福次郎らに背を向け、歩き始めたところへ、新六が駆け付けて来た。新六は、千吉に目を遣ってから、留松と加曾利に言った。

「辻番が言うことには、この一刻近く、人っ子ひとり通らなかったそうです」

「ありがとよ。助かったぜ」留松が言った。

「ご苦労だったな」

加曾利は口を添えると、留松と千吉、新六を連れて船宿《千歳》に向かった。

留松が手にしていた分銅桜の紋所の入った羽織が、風にはためいた。


刻限は五ツ半（午後九時）を回っていた。もう半刻（一時間）足らずで町木戸は閉じられ、江戸に住む殆《ほとん》どの者は眠りに就く。

《千歳》は既に揚げ戸を下ろしていた。

留松が、ひょいと加曾利孫四郎の前に回り、拳《こぶし》で潜り戸を数度叩いた。

待つ間もなく、潜り戸の向こう側から、船宿の者の近付いて来る気配がした。

気配は動きを止めると、どちら様で、と訊いた。

「御用の筋で来た。開けてくんな」

心張り棒を外す音がして、潜り戸が開いた。若い衆が戸口から顔を出した。

「夜分に済まねえな。霊岸島浜町の留松だが、入《へえ》るぜ」

留松が潜り戸を潜り、加曾利と千吉が続き、新六が後ろ手に戸を閉めた。

若い衆が加曾利の姿を見て、奥へ飛んで行った。

絹物を羽織った主が、女将とともに摺《す》り足で現われた。

「御用の筋とのことでございますが、それはどのような？」

留松が、目と鼻の先で武家が殺されたのだ、と話した。

「まったく気付きませんでしたが、それと手前《てまえ》どもと……」

「どのような関《かか》わりが？」女将が言葉を継いだ。

「恐らく六ツ（午後六時）か六ツ半（午後七時）過ぎに帰った客が身に着けていたと思うんだが、この紋所に見覚えがねえか、確かめてくんな」

留松が殺された武家が着ていた羽織を広げてみせた。二か所に刺された痕《あと》と血の染みが付いていた。

顔を背けた女将の隣で、主が食い入るように見詰めた。

「これは、三坂《みさか》様の御羽織に相違ございません」

女将が驚いたように、振り向いた。見る間に顔色が青ざめていき、その場に座り込んでしまった。

当たり、だな。千吉が目で新六に言った。

「その三坂って御侍は、どこの御家中だか、知ってるかい？」

「竹越《たけこし》様でございます」

「北の方だったな」加曾利が訊いた。外様《とざま》の大名に、そのような家中があったと覚えていた。

「はい。陸奥国白川郡《むつのくにしらかわごおり》・棚田《たなだ》六万石の竹越様でございます」

「竹越家の御家中の方々は、よくここを使うのか」

「皆様ではございません。特に、納戸頭《なんどがしら》の上月《こうづき》様が手前どもをご贔屓《ひいき》下さいまして、三坂様は上月様のお連れでございました」

「上月ってのは、今日も来たのかい」

「来たどころか、まだ上の座敷におられます」

「いるのかい？」

客がいるのに、大戸を下ろし、潜り戸に心張り棒を掛けていたことになる。上月と《千歳》の近しさを心に留めた。

「三坂様のことを、お知らせに参ってもよろしゅうございましょうか」

「それには及ばねえ。こっちから行くので、案内《あない》してもらおうか」加曾利が二階へと目を奔《はし》らせた。

「ひどく酔っておられますが」

「構わねえ」

「では」

主が先に立って、二階への階段を上った。

手前の二部屋にだけ明かりが灯っていた。障子を開けた。がらんとした部屋が広がっていた。主は、加曾利らを促すようにして部屋に入ると、腰を屈《かが》めながら、隣室へと進んだ。

「上月様、大変なことが出来《しゅったい》いたしました」

「何だ。藩邸から使いでも参ったのか」

「そうではございません」

主が腰を浮かして振り返り、加曾利を見た。

「誰かおるのか」

加曾利は襖《ふすま》の陰から姿を現わし、隣室への敷居を跨《また》いだ。

粗方《あらかた》食い散らかされた膳部の前で、まだ杯を嘗《な》めている男と目が合った。

男が酔眼を光らせて、加曾利の値踏みをしている。

加曾利が名乗った。遅れて男が名乗った。

「上月だ。陸奥の、とある家中で、詰まらぬ御役に就いておる者だと言うておこう。このような身共《みども》だが、町方に踏み込まれる覚えは、何もないぞ」

「支配違いであること、承知いたしております。が、役儀にて、ちとお尋ねしたいのです。お許し願えませんか」

「そう出られては、無下《むげ》に断れぬな。構わぬが、酔うておるので、役に立つかな」

加曾利は、留松から羽織を受け取ると、膳部の脇に広げた。

「見覚えは、ございませんか」

酔眼を凝《こ》らして見詰めていた上月の目が、紋所から染み、裂け目へと動いた。

「何があった？」

上月の赤く濁った目が、食いつかんばかりに加曾利に向けられた。

「この先で、刺し殺されておりました」

「何だと、早く言わぬか。三坂は、私の大切な組下の者なのだ。どこにいる。案内せい」

「勿論《もちろん》、そのつもりでおります」

立ち上がろうとした上月の腰が砕けそうになった。

「済まぬ。醜態《しゅうたい》だ。このような時に、酒に呑《の》まれておる」上月は顔を歪《ゆが》めるようにして笑うと、「顔を洗わせてくれぬか」と加曾利に言った。

「お待ちしております」

「済まぬな。その済まぬ序でに、ひとつ頼まれてくれぬか」

「何でしょう?」

「藩邸に知らせてほしいのだ」

棚田六万石、竹越家の上屋敷は、武家屋敷に囲まれた松島町《まつしまちょう》の南にあった。新六が先程訊いた辻番を北に走ったところである。

「この者に」と加曾利は、新六を引き出した。「行かせますが、誰に何とお伝えすればよいのでしょうか」

「身共は、納戸頭・上月伸九郎《しんくろう》と申す。組下の三坂尚太郎《しょうたろう》が、何者かに殺害《せつがい》された。至急、手配を頼むと言い、三坂の亡骸のあるところを伝えれば、後は向こうで動こう」

「では、一っ走り行って参りやす」

「おう」加曾利と千吉が答え、留松が千吉に礼を言った。

「いちいち気にするねえ」千吉が小声でたしなめた。

上月が主と階下へ下りて行った。

加曾利と留松、千吉も続いて階段を下りた。見て来やす。留松が、上月と主の後から廊下奥へと消えた。

北新堀町の自身番では、前谷順庵が三坂尚太郎の検分を終えていた。

刺し傷は三か所。細身の匕首で刺されたものと思われた。傷は深く、いずれも五寸（約十五センチ）に達していた。腎《じん》の臓を刺し貫かれた最初の一撃で事切れたらしい。斬り傷はなかった。

福次郎が順庵の言葉を紙に書き留めたところに、加曾利らが着いた。

加曾利の後ろにいた侍が、奥の板の間に横たえられている三坂の亡骸を目にした途端、腰の刀を鞘《さや》ごと抜き取り、喚《わめ》きながら式台から三畳間を通り越し、亡骸の肩を摑んで揺さぶった。

誰です？　福次郎が留松に目で訊いた。いいから、やらせておけ。留松は目で答えてから、上月伸九郎に三坂の羽織を渡した。上月が検分のため下帯ひとつにされていた亡骸に羽織を掛けた。

その間に福次郎が加曾利に検分のあらましを告げている。傍らにいた順庵が、何かございましたら、と加曾利に問うた。

「それでは、ひとつ」加曾利が言った。「勘で結構です。殺したのは、男ですか、女ですか。それともこれだけでは、どちらとも言えないってところですか」

「男でしょう。それも手慣れた者だと思われますな」

「それは、なぜ？」

「確実に息の根を止めようとして刺しています。狙いが正確なのですな。そして刺す力が強い。恐らく、刃は根本まで埋まったはずです。それを引き抜いて、また刺しています」

「参考になりました。夜分《やぶん》にも拘《かか》わらずありがとうございました」

加曾利は、順庵に礼を言い、福次郎に送らせた。検分料だが、差し当たっては出なかった。しかし、町方の求めに応じて何度出向いたかが町奉行に報告され、年に二度半期ずつ、僅《わず》かだが足代と礼状が贈られた。

「流石《さすが》、順庵先生だな。ちゃんと見ている」

加曾利は、留松に言い置くと、上月に尋ねた。

「支配違いなので、お答え下さらなくとも結構なのですが、二、三お伺いしてもよろしいでしょうか」

「構わぬが、その前に三坂を見付けた時のことを聞かせて下さらぬか」

加曾利が、千吉らが記しておいた覚書を見ながら話した。

「鯉口《こいぐち》は切っておったのであろうか」

「留松、どうだった？」

「いいえ」

「では、不意を突かれて、何もしていなかったのだな？」

「そのようにお見受けいたしました」留松が答えた。

「それでは困るのだ」上月が三坂の腕を摑んだまま、加曾利を見上げた。「士道《しどう》不覚悟と見做《みな》され、三坂の家は断絶となってしまう」

頼む。上月が板の間に手を突き、頭を下げた。

「鯉口を切っていたことにしてはもらえぬだろうか。三坂には幼い跡継ぎがいる。真面目一筋に生きて来た三坂が、たまさか身共と酒を飲み、その帰りに殺されたとあっては、身共は遺《のこ》された者らに顔向け出来ぬ」

「お気持ちはよく分かりました。私どもも馬鹿っ正直に答えるだけがよいとは決して思ってはおりませんので、ご安心なさって下さい」

上月が、再び頭を下げた。

加曾利は、一呼吸置いて尋ねた。

「では、お伺いいたしますが、どうして一緒にお帰りにならずに、三坂殿だけひとりで出られたのでしょうか」

「三坂は、遅くなるという届けを出しておらなかったので、宵五ツ（午後八時）の門限前に帰らねばならなかったのだ。身共は酒飲みだから、当然遅くなるものとして四ツ（午後十時）か四ツ半（午後十一時）を回る頃までの許しを得ていたのだ」

「左様でしたか。三坂殿が誰かに恨まれているとか、聞いたことは？」

「なかった。とにかく真面目一方の男でな。今日のように外で飲むことも殆どせぬ男であった」

「やっとうの腕の方は？」

「あまり筋がよいとは言えなかった。刀よりも算盤《そろばん》という、昨今《さっこん》の侍の見本であったな」

「それで、三坂殿と気は合いましたか」

加曾利が、訊いた。

「難しいことを訊くの。無論、嫌いではなかった。信頼に足る者だった。だが、屋敷で訊けば分かることだが、そりが合わぬとまでは言わぬが、身共とは違う類《たぐい》の男だった。酒も弱いしの」

「飲みながら、何を話していたのですか」

「それは家中のことだから言えぬ」

「分かりました」

「他に訊くことはないのか。藩邸から誰ぞが参ると、身共は竹越家の者として、支配違いの調べには、おいそれと答えられなくなる。今答えているのは、匕首を使っているらしいゆえ、三坂を殺《あや》めた者が町屋の者だと思うがためと、鯉口のことがあるからだからな」

上月が刀を引き寄せ、ゆるりと立ち上がった。下げ緒が目に付いた。紫と黒の絹糸を編み込んだものだった。

上月は畳敷きに移ると、熱い茶をくれ、と留松に言った。

風が凪《な》いでいる。

静まり返った板の間に水音がひとつ小さく立った。傷口から滴《したた》り落ちた血の音だった。

竹越家から家中の者が来る気配は、まだなかった。長い夜になるだろう、と加曾利は背の寒けを堪《こら》えながら思った。

第二章　湊橋《みなとばし》北詰

一

湊橋を渡った北新堀町に、醤油酢《しょうゆす》問屋《田丸屋》はあった。一日、十一日、二十一日と一の付く日は、野田《のだ》からの醤油舟が裏河岸《がし》に着く段取りになっていた。赤銅色《しゃくどう》に焼けた肌に、白い褌《ふんどし》一丁の水手《かこ》どもが醤油樽《だる》の荷下ろしをするのだが、《田丸屋》の男衆も助《す》けとして駆り出された。

水手どもと力を競い合い、意地を張り合うには、若さと腕っ節《ぷし》が必要だった。頭《かしら》になる才覚はなく、ただ徒《いたずら》に年を重ね、五十も半《なか》ばに達した男衆の富八《とみはち》には、最早《もはや》出番はなかった。

「明樽《あき》を片付けといてくれや」

六つ年下の頭に言い付けられた仕事を、しっかりとこなす。それが、男衆としての富八の務めだった。

一月二十一日、六ツ半（午前七時）過ぎ――。

富八は、湊橋の北詰にある明樽置き場に向かった。

夜露と潮風に晒《さら》された樽が十個程並んでいた。湿り過ぎていても黴《かび》が生え、乾き過ぎていても側《がわ》が縮み、箍《たが》が緩《ゆる》んでしまう。まだお日様を浴びさせなければ仕舞えないが、頭の言い付けは言い付けだった。片付けておかなければならない。程よく乾いたものから、樽を重ね上げようとして、一番奥の樽が板で蓋《ふた》をされているのに気が付いた。

（誰の仕業《しわざ》でぇ、湿り気が抜けねえじゃねえかい）

蓋を外し、底を覗《のぞ》き込んだ。人がいた。女だった。驚いて、富八は手にしていた板を取り落としてしまった。板が乾いた音を立てた。だが、女は身動きひとつしない。死んでいるのだと分かった。着物の裾《すそ》がめくれていた。白い足の下に、黒い染《し》みがあった。醬油ではなく、血だった。富八は、そのまま後退《あとずさ》って樽から離れると、叫び声を発して、駆け出した。

北新堀町の自身番《じしんばん》の交代の刻限は、六ツ半だった。冬場は、交代に入る者が、熱い味噌汁《みそしる》を鍋《なべ》に作って持って来るのが習わしとなっていた。暖を取るにも手焙《てあぶ》りだけで、冷えた身体《からだ》に熱い味噌汁は堪《こた》えられなかった。

——これで家まで歩けるよ。

礼を言って、自身番を後にする時の嬉《うれ》しさ。肩の荷を下ろすという言葉を実感する時だった。次の当番までは四日ある。四日経《た》つと、今度は昼間の半日を詰めていなければならなかった。

それにしても、交代の来るのが遅かった。もう六ツ半は過ぎているはずだった。

「遅いですね」と大家が言った。

「まさか当番を忘れたとか」もうひとりの大家が言った。

「三人揃《そろ》って、ですか」店番《たなばん》が訊《き》いた。

「まさか、ねえ」

「ついてませんね」と先の大家が言った。

「厄日《やくび》ですな。お祓《はら》いをしてもらいますか」もうひとりの大家が、渋茶を啜《すす》った。

三人の頭に昨夜からのことが、目まぐるしく去来《きょらい》した。

厄日だと言った家主が、裏河岸で武家が殺されているのを見付けたのが騒動の始まりだった。

それからは、亡骸《なきがら》の見張りに立ったり、運んだりした挙句《あげく》に、武家の御屋敷から人が来るまで、通夜《つや》の真似事《まねごと》をし、すっかり片付いた時には、夜九ツ（午前零時）を大きく回っていた。暫《しばら》くは、三人とも気が昂《たかぶ》って、仮眠をとるどころではなく、ただ茶ばかりを飲んでいた。

その明けた朝なのだから、少しは早く来てくれてもよさそうなのに、と耳を澄ましていると、働きに出る職人の足音に交《ま》ざって、誰か慌てて駆け付けて来るような足音が聞こえて来た。

「ようやく、ですよ」と大家のひとりが言った。

「あれじゃ、鍋の中身が飛び出しちまいますよ。皮肉のひとつでも言ってやりますか」

もうひとりの大家が答えた。

足音が白洲《しらず》の石を跳ね飛ばして止まった。腰高障子《こしだかしょうじ》が引き開けられ、男が転がり込みながら、叫んだ。

「大変だ。人が死んでる」

「またですか……」店番が、ふたつ並んだ大家の顔を見た。

加曾利孫四郎は不機嫌だった。

昨夜、竹越家から亡骸の受け取りに家士《かし》が送られて来たのは、そろそろ四ツ半（午後十一時）になろうかという頃合だった。

通りを見張っていた新六と佐平が、自身番の腰高障子を勢いよく開けた。

「旦那《だんな》、丸に三つ引の御紋の提灯《ちょうちん》が近付いて参りやす」

「遅かったな」

加曾利が立ち上がり、外に出た。

寒いのか、懐手《ふところで》をして肩を怒らせた武士を先頭に、四名の武士が付き従い、その後ろから大八車が曳《ひ》かれて来た。

先頭の武士は、加曾利に気付くと目礼《もくれい》をし、竹越家徒目付《かちめつけ》の二瓶角之助《にへいかくのすけ》と名乗り、

「家中《かちゅう》の者がことで、夜分遅くまでご迷惑をお掛けして申し訳ない、お詫《わ》びするとともに御礼を申し上げる」

と言って、膝《ひざ》に手を当て、

——皆の者も、忝《かたじけな》い。礼を言うぞ。

留松以下福次郎や家主にまで、順に頭を下げた。

——御侍様、これはあっしらの務めでございますから、お手を上げて下さい。

思わず留松が手を差し出す程に、徒目付の二瓶は腰が低かった。

しかし、それは最初だけだった。

上月伸九郎を問い質《ただ》すと、加曾利に亡骸を見付けた時からのことを話させ、次いで亡骸を見付けた大家に案内させて、裏河岸や船宿《千歳》を訪ね、夜九ツ過ぎまで自儘《じまま》に振舞って帰って行った。

軍兵衛ならば、どう対処したのだろうか、と加曾利は煙草《タバコ》盆を引き寄せながら思った。

あの短気者のことだ。武家の急所をぐいっと握《にぎ》り潰《つぶ》すようなことを咄嗟《とっさ》に口にするのだろうが、己にはそのような口才《こうさい》はなかった。

（地道に行くのよ。加曾利様はよ）

煙草に火を点《つ》け、煙を深く吸い込んだ。真福寺《しんぷくじ》橋南詰大富町《おおとみちょう》の煙草・煙管《キセル》問屋《国府屋《こくぶや》》の［春霞《はるがすみ》］という刻《きざ》みだった。この《国府屋》を、夜盗・夜泣きの惣五郎《そうごろう》一味の手から守ったのは昨年のことだった。

煙草の煙が縞《しま》となってゆるゆると流れた。

不意に眠気が襲って来た。

竹越家の者が帰った後も、園という小女《こおんな》のことで、煮売り酒屋に立ち寄るなどして、組屋敷に戻って眠る暇《いとま》は僅《わず》かしかなかった。それなのに、寝たと思ったら目が覚めてしまったのだ。だが、もう一度眠ろうとは思わなかった。気が急《せ》いて、とても寝てはいられなかったのだ。

髪結《かみゆ》いが回って来たのを潮《しお》に、岡《おか》っ引《ぴき》の留松らが組屋敷に現われる前に、ひとりで奉行所へと出仕《しゅっし》した。払暁《ふつぎょう》の町を歩きながら、園の行方を考えたかったのだ。

どう考えても、おかしな話だった。

人ひとり、そう簡単に消えるもんじゃねえ。

思いは、そこにあった。となると、答えはひとつしかなかった。

加曾利は、灰吹きに煙管の雁首《がんくび》を叩《たた》き付けた。

その時――。

玄関口の方が俄《にわか》に騒がしくなった。誰かが何かを訴えているらしい。聞き耳を立てた。人殺しとか、女とか聞こえた。立ち上がり、詰所を出て、当番方《とうばんかた》の詰めている玄関口へと向かった。

当番方与力《よりき》と同心《どうしん》が、町屋の者から話を聞いていた。町屋の者の横顔に見覚えがあった。北新堀町の自身番の店番だった。

「どうした？」

店番と当番方が一斉に加曾利を見た。

「旦那ぁ」店番が泣きそうな顔を歪《ゆが》めて笑った。

「何があった？」

「また殺しでございます」

「女と言っていたようだが、実《まこと》か」

「へい。まだ若い女でございます」

加曾利は、もしかすると、と昨夜からのことを当番方に掻《か》い摘《つま》んで話した。

「では……」当番方与力が、口籠《くちごも》った。

「私が出向きましょう」

当番方与力と同心が、顔を見合わせて、ほっと息を吐《つ》いた。己らの役目を加曾利が代わってくれたのだ。

「捕方《とりかた》を何人か出しましょうか」

当番方の同心が加曾利に訊いた。見物人をあしらうのに、何人かは必要だった。

「頼もうか」

「心得ました」同心が控所に走った。

加曾利は詰所に戻って刀を取ると、案内するよう店番に言い、玄関から走り出た。

「聞こえやした。お供いたしやす」

大門の内側に、霊岸島浜町の留松と福次郎が並んでいた。揃《そろ》って赤い目をしている。

「早《はえ》えな」寝が足りていないのだ。

「旦那こそ」

「行くぜ」

「へい」

店番を先頭に、加曾利と捕方が大門を飛び出した。留松らは、大門を憚《はばか》って、潜《くぐ》り戸を通り抜け、後に続いた。

道で出仕して来た軍兵衛らと擦れ違った。

「どうしたい？」

小網町の千吉が留松に声を掛けた。列を離れた留松が、殺しです、と答えた。

「まさか？」

佐平が訊いた。

「まだ分からねえが、お園かもしれねえ」

「親分」佐平が、拝むような真似《まね》をした。

「佐平、気持ちは分かるが、出過ぎるな。手前《てめえ》にゃ手前の務めがあるんだ」

行ってくんねえ。千吉が留松に言った。

よろしいんで。留松は、千吉と佐平の顔を見比べてから、軍兵衛に頭を下げ、駆け出した。

「行かせてやれ」軍兵衛が千吉に言った。

「ですが、昨日何の知らせもなかったんですから、由比の吉兵衛が来ますぜ」

「と言って、大きな動きがあるとも思えねえ。それより、殺されたのがお園かもしれねえんだ。どこに亡骸があったか気になって、このままでは佐平の奴、使い物にならねえだろう」

佐平が縋《すが》るような目で千吉を見た。千吉の口が開いた。

「俺たちは手前が手を抜いたなんぞと、これっぽっちも思っちゃいねえ。また、手を抜いてへらへらしていられる手前じゃねえことも、よく知っている。その上で言う。俺たちの調べは命懸けだってことだ。俺たちの命も懸かっていれば、助けを求めている者の命も懸かっているんだってことだ。忘れるなよ」

「忘れやせん」

「行って来い。お調べの邪魔をするんじゃねえぞ」

「ありがとうござんす」

佐平の姿が瞬《また》く間に小さくなった。

「まるで」と新六が、佐平の後ろ姿を見送りながら言った。「飛礫《つぶて》のようでございやすね」

二

明樽がずらっと並んだ敷地の前で、六尺棒を手にした大家が、心細げな顔をして見張りに立っていた。六尺棒は、このような時のために自身番に備え付けてあった。

「ご苦労」

加曾利に言われ、捕方と交代すると、へなへなとその場に座り込みそうになった。

「昨日の今日で済まねえが、お互い様だ。しっかりしてくれよ」

大家のふたりが棒を支えにして、敷地の隅に下がった。

「どの樽だ？」

加曾利が知らせに来た店番に訊いた。

「一番奥のでございます」

樽の脇に板が転がっていた。蓋代わりに被《かぶ》せてあったのだ、と店番が言った。

「見付けたのは、この明樽の持ち主、醬油酢問屋《田丸屋》の男衆で、富八という者でございます」

「ここにいるんだろうな？」

加曾利が見物人の方を振り向いた。

「はい。待たせてございます」

店番が留松に、誰が富八なのか、指さしている。留松が、見物人から離れたところに立っていた男を連れに行った。身形《みなり》のよい男が付き添っている。

その間に加曾利は、樽の中を覗き、仏の具合を見た。窮屈《きゅうくつ》そうな姿勢のまま固まっていた。昨夜、姿を消して間もなく殺されたように見受けられた。

「この近くに取上婆《とりあげばば》はいるか」

加曾利が留松の方に歩きながら訊いた。

「おります」

「呼んで来てくれ」

「福」留松が呼んだ。

聞こえていないのか、福次郎は園の亡骸を見下ろしたまま動こうとしない。指先で涙を拭《ぬぐ》っている。

「おい、福」留松が、もう一度呼んだ。

ようやく耳に届いたのか、鼻の頭を赤くした福次郎が、顔を上げた。取上婆を連れて来るように、と留松が言った。

「お米婆《よねばあ》さんでございやすね」

福次郎が留松に訊いた。湊橋を渡った南側は、千吉から譲《ゆず》り受けた留松の縄張りだった。どこに誰が住んでいるか、子分の福次郎も、すべて知り抜いている。

「ちいと待て」

旦那、と留松が言った。園の死体を改めるのは、北新堀町の自身番でよろしゅうございますね。

加曾利が頷《うなず》いた。

「聞いたな」

「へい」

「しっかりしろよ」

「大丈夫でさあ」

福次郎が走り去った。

「旦那、富八でございやす」

留松に背を押されるようにして、男が前に進み出た。日に晒された深い皺《しわ》が、細かく震えている。男の斜め後ろで、絹仕立ての着物の男が頭を下げた。《田丸屋》の主《あるじ》であるらしいことは、様子で分かった。富八に仏を見付けた時の様子を訊いた。役に立ちそうな話は何もなかった。

「迷惑序《つい》でに戸板を一枚貸してくれねえか」《田丸屋》の主に言った。

「直《ただ》ちに、持って来させますでございます」

「ありがとよ」

富八と主を去らせ、見物人の中から《ひょう六》の主を探した。前列の中程に、女将《おかみ》と小女の杉のふたりと並んで立っていた。手招きをし、既に福次郎が見ていたが、改めて仏を見てくれるように言った。

三人が怖々と樽に寄り、覗き込んだ。わっ、と声を出して、女将と杉が抱き合うようにして泣き出した。

「お園に違いねえな？」

女将と杉が同時に頷き、額《ひたい》を激しくぶつけ合った。よろっとしたふたりを主が支えながら、相違ございません、と涙声で答えた。

「もういいぜ」

留松が樽のあった場所や、大きさと深さなどを懐紙《かいし》に書き留めているところに、戸板が届いた。仏を樽から移さなければならない。留松は大急ぎで筆を仕舞い、手伝いの者を探した。大家どもは、目を合わせないようにしている。しかし、他に頼める者はいなかった。声を掛けようとしていると、見物人の中からひとりの男が進み出て来た。佐平だった。

「来てたのかい？」

「どうにも落ち着かねえもんで」

「助《す》けてくれるか」

「勿論《もちろん》でさあ」

「頼むぜ」

佐平とふたり掛かりで樽を倒した。佐平は園の亡骸を凝《じ》っと見ていたが、小さく息を吐くと、口早に念仏を唱《とな》えた。留松もそれに倣《なら》った。園の亡骸を引き出しているところに、福次郎と取上婆の米が着いた。福次郎が駆け寄り、佐平への挨《あい》拶《さつ》もそこそこに手伝いに回った。留松は福次郎と代わると米に、仏を自身番に運ぶので、そっちで改めてくれるように言っている。

樽から戸板に園を移した。筵《むしろ》を掛けようとしていると、《ひょう六》の女将と杉が、大きな泣き声を上げた。自身番では、交代の大家どもが待っていた。遅いじゃないですか。昨夜から使われ続けている大家のひとりが、小声で文句を言っている。

「親分、昨夜あっしは、あの明樽の辺りを何遍《なんべん》も通ったんです」佐平が、留松に言った。

「…………」

「ですが、勝手にここらじゃねえと思い込み、奥の樽までは見ませんでした」

「そうだったのかい」

「もう少し気が回れば、もっと早く見付けてやれたんです」

「手前の所為《せい》じゃねえよ。俺は橋の下で助けを求めているのに気付かず、通り過ぎちまったことがある」

「ぶっ弛《たる》んでいた訳ではねえんです」

「分かっている。この稼業《かぎょう》の者なら、誰でもな。それでも、手前が許せねえんだろ？」

「へい……」

「それでいいんだ。そうやって十手《じって》持《も》ちになっていくしかねえんだ」

もう帰りな、と留松が言った。鷲津の旦那や小網町の親分が待ってるぜ。

そういたしやす。

「許してやっておくんなさい」

佐平は仏に長いこと掌《てのひら》を合わせると、あっしはここで、と腰を屈《かが》めた。

「気にすんなと言っても無理かもしれねえが、気にするんじゃねえよ」

「ありがとうございやす」

「千吉親分によろしく伝えてくんな」

「へい」もう一度深く腰を折り、佐平は帰って行った。

留松は改めてぐるりを見回し、検屍《けんし》の立ち会いを《ひょう六》の主夫婦と杉に頼んだ。

女の亡骸を改める時には、誰か十手持ち以外の者を立ち会い人として置かなければならなかった。

検屍は奥の板の間ではなく、三畳の畳敷きで行なうことになった。茶道具や手焙り用の火鉢や文机《ふづくえ》が板の間に移され、油紙が広げられた。

園の亡骸が、油紙に横たえられた。背を丸め、胎児のような格好のまま固まっている。紫になった唇が、ひどく生々しく目に付いた。

「どういたしやしょう？」留松が訊いた。

死後硬まった身体を和《やわ》らげる方法も、なくはなかった。酢で亡骸を蒸し上げるのだ。しかし、においがひどい上に、大した効果がある訳でもなかった。

「このままでいいだろう。始めてくれ」

留松と福次郎が、帯を解きに掛かった。結び目を解き、留松が仏の腋《わき》に手を入れて身体を起こしたところを、福次郎が帯を巻き取った。更に伊達《だて》巻《ま》きを解き、小袖《こそで》、長襦袢《ながジュバン》、腰巻と順に剝《は》いでいくと、真っ白い身体が現われた。福次郎が、目を背《そむ》けている。

「お園ちゃ……ん……」

女将と杉が声を掛けようとして、後の言葉を飲み込んだ。身体の片側が紫の斑《まだら》になっていたのだ。死斑《しはん》である。死斑近くの脇腹に刺し傷があった。

「婆さん、頼むぜ」加曾利が言った。

取上婆の米が、留松と福次郎が探りやすいようにと持ち上げた陰部を覗き込み、陰門に綿を巻いた中指を差し込んだ。福次郎が、顔を逸《そ》らした。

「どうだ?」

「きれいなもんです。まだ男を知りませんね」

米の指先の綿が赤く汚れていた。

「傷口を見せてくんな」加曾利が片膝を突いた。

米が脇に退《の》き、留松が加曾利に従って園の亡骸に近付いた。福次郎も、大きく胸を上下させてから、顔を寄せた。

加曾利は、亡骸の裏表を調べてから、傷口の周りをぐいと押した。血が滲《にじ》み、流れた。

「他に傷はないし、これが死因《もと》だな」

流れ出した血を凝っと見ている福次郎に、覚えておけ、と加曾利が言った。

「傷口の肉が縮んでいるのが分かるだろ？　縮んでいれば、生きている者を刺した時の傷で、縮んでねえのは、死んだ後に刺したもんだ」

そうなんで？　福次郎が留松に尋ねた。

それとな、押して傷口から血が出たら、生きていた時の傷だ。死んでからの傷だと血は出ねえ。留松が答えた。

そうなんですか。福次郎が加曾利に訊いた。

その通りだ。加曾利が答えた。

答えはしたが、どこか上《うわ》の空のところがあった。留松が訊いた。

「身体の固まり具合からして、刺されたのは昨夜、いなくなったと騒いでいた頃に間違いありやせんね」

「何か気付かねえか」加曾利が言った。

留松と福次郎は、加曾利が続けて口を開くのを待った。

「傷口だよ」

「…………」留松と福次郎が唾《つば》を飲み込んだ。

「後ろ脇から腎《じん》の臓を一刺しで殺している」

「昨日の御侍……」留松が咽喉《のど》から言葉を絞り出した。

「似ているというより同じ手口じゃねえか」

「するってえと……」福次郎が言った。

「先生を呼んで来てくれ。順庵先生に園の亡骸も診《み》てもらおう」

「お連れして参りやす」

福次郎が白洲に飛び降り、身動き出来ずに固まっている大家どもを尻目に瞬く間に姿を消した。大家と店番は、前夜からの者らと交代の者らが両方いた。どうやら前夜組が交代組に、いてくれるようにと拝み倒されたらしい。

「寒そうだな。着物を被せてやるか」

「へい」

留松が小袖を仏に掛けた。

「ありがとよ」と加曾利が、《ひょう六》の主夫婦と杉に言った。「後でまた先生が来たら、立ち会ってもらうからな。表で休んでいてくれ」

三人が畳敷きの部屋を出て行った。

「済まねえ。三人に茶を淹《い》れてやってくれねえか」

昨夜からの大家と店番が、恐る恐る部屋を覗き込んだ。

「何だ？」留松が訊いた。

火の気になるものは、手焙りの火鉢しかないのだ、と店番が言った。

「持って行ってくれ」

留松は火鉢を持ち上げ、店番に渡した。その火鉢を受け取ろうと、大家どもが八本の手を伸ばした。そのうちの四本に火鉢を、二本に茶道具を持たせた。何も手にしなかった二本には、煙草盆を与えた。

仕事にありついた大家どもが、火種を探して騒いでいる。

「武家の亡骸は裏河岸」と加曾利が呟《つぶや》いた。「園の亡骸は北新堀町。目と鼻の先で、しかも刺され方が同じだとすると、殺《や》ったのは同じ奴だ」

「忘れ物をした男でございやすね」留松が言った。

「忘れた煙管と煙草入れだが、どんな物だったか覚えているか」

男の忘れ物に気付いたのは福次郎だった。留松に、はっきりとした覚えはなかったが、際立った特徴のあるような品ではなかった。

「それを届けた時に、何かを見たか聞いたかして、殺されたんだろうな」

園が忘れ物を届けに《ひょう六》を出たのが六ツ半（午後七時）過ぎ、と加曾利が呟いた。それから半刻《はんとき》（一時間）経《た》って、遅いと探し始めた頃に、武家が殺されたという知らせが入った。まさか忘れ物をしていようとは思わず、殺しに取り掛かろうかと仕度《したく》をしているところを園に見られたとすると、話は繋《つな》がる。口封じのために刺し殺し、見付からねえように樽に入れ、蓋をした。

「煙管と煙草入れを忘れた奴が、どこの誰か、だ」

「旦那、絞れて来やしたね」留松が身を乗り出した。

「喜ぶな。この広いお江戸から、ひとりの男を見付けるんだ。これからだ」

「へい」

大家の無骨《ぶこつ》な手で、茶が運ばれて来た。

「驚かしちまったな」

留松は盆ごと受け取ると、ひとつを加曾利に渡し、残りのひとつを手に取りながら畳敷きの部屋に目を遣った。

「人手にかかった仏というのを見たのは、初めてでして。正直、腰が抜けるかと思いました」昨夜からいる大家が言った。

「真《ま》っ当《とう》に生きていればそんなものよ。馴《な》れちまってる方が、よっぽどおかしいのよ」

留松が熱い茶の上っ面を吹き冷まし、ずずっと啜った。

何を手間取っているのか、福次郎が順庵を連れて来る気配はなかった。

「遅うございやすね」

「焦るな。待つのもお務めだ」加曾利が、不味《まず》そうに茶を飲み込んだ。

三

朝五ツ（午前八時）を半刻近く回ったところで、由比の吉兵衛が北町奉行所の玄関に現われた。

顔と腕に細布《ほうたい》を巻いている。

「どうした？」

応対に出た小宮山仙十郎が、思わず問い質した。

昨夜、旅籠《はたご》の階段から転げ落ちたとのことだった。

「危ねえな。年だから気を付けねえとな」

仙十郎は吉兵衛を玄関脇にある畳敷きの小部屋へ通している間に、当番方の同心に軍兵衛を呼びに行かせた。軍兵衛は直《す》ぐ来た。

「これはまた痛々しいな」

部屋の隅で背を丸めている吉兵衛に言った。階段から落ちたのだ、と仙十郎が話した。

「なぜそんな詰まらねえ嘘《うそ》を吐《つ》く？」

軍兵衛の言葉に、吉兵衛の顔が固まった。仙十郎が、驚いて吉兵衛に詰め寄った。

「殴《なぐ》られたんだろう？」軍兵衛が言った。「腕は蹴《け》られたのか」

「恐れ入りました」

板橋の話は人違いだった。疲れたので手近な旅籠に泊まろうかとも思ったが、翌日の朝五ツには奉行所に行かなければならない。板橋宿で駕籠《かご》を雇い、昌平《しょうへい》橋を渡る頃には、宵闇《よいやみ》が漂い始めていた。

仕事終《じま》いの職人やら、売れ残りの品が捌《さば》けたのか、担《かつ》ぎ売りの者が、家族の待つ家に向かって歩いている。その一方で、一見して堅気《かたぎ》とは見えぬ者が、ふたり三人と寄り集まって、何か立ち話をしている。倅《せがれ》も生きているならば、あのような者と一緒にいるのだろう。そう思うと、倅のいるところがひどく危ういような気がして、駕籠を下り、柳原《やなぎわら》の土手下を浅草御門の方まで歩いてみることにした。

ひとりで歩いていると、随分《ずいぶん》と多くの者が声を掛けて来た。

男もいれば、女もいた。揃《そろ》って遊びの誘いだった。

「もうこの年ですから」

律儀《りちぎ》に返事をしていると、年の頃は二十六、七か、倅の政吉くらいの年格好の男が、いつの間にか傍《かたわ》らにいた。

「親父《おやじ》さん、誰か探しているのかい？」

その口調が倅に似ているような気がして、つい江戸に来た訳を話してしまった。

「そうだったのかい。でもよ、あんたの倅は幸せだぜ。探しに来てもらえるんだからよ」

男は二親《ふたおや》から捨てられた身の上だ、と言った。恨《うら》んじゃいねえが、会いたくもねえな。

男が思い直したように訊いた。倅の名は？　年は？　背格好は？　男は訊くだけ訊くと、間違っていても許してくれよ、と言った。

「ひょっとしたら、俺の知ってる奴かもしれねえ。相州《そうしゅう》無宿の政次ってんだ。

直ぐそこだ。付いて来なせえ」

路地の奥に連れて行かれ、おかしい、と思った時には遅かった。男は吉兵衛の老体を思うさま打擲《ちょうちゃく》し、金目の物をすべて奪い取って消えたのだった。

「自身番に届けたのか」仙十郎が訊いた。

「いいえ、長い事その場で休んでから旅籠に戻りました」

「金目の物を盗《と》られて悔しくないのか」

「旦那に、勝手に動くなと言われていたのに、板橋でしくじり、柳原でまたしくじったのでは、合わせる顔が……」

吉兵衛が項垂《うなだ》れ、掌の中に顔を埋めた。仙十郎は言葉をなくして軍兵衛を見た。軍兵衛は、皺《しわ》が走り、染みの浮いた吉兵衛の首筋を見ていたが、気を取り直したのか、吉兵衛に尋ねた。

「板橋の話を持って来たのは、梅吉んとこの下っ引だったな?」

「はい。板橋まで付いて来て下さいました」

「そいつだが、帰りはどうした?」

「昌平橋まで一緒だったのですが、そこで礼を言って帰ってもらったのです」

「まさか」と仙十郎が言った。「その者が糸を引いたとか」

「それはねえ。梅吉の手下ならば信用出来る。俺が請け合うぜ」

軍兵衛は一度だけだが、ひょんなことから梅吉を使ったことがあった。強請《ゆすり》を稼業としていたノスリの市兵衛《いちべえ》殺しを調べている時に手を借りたのだ。下っ引の新六にまで気を遣う心配りのある男だった。

「して、路銀だが、まさかすべて盗られてしまった訳ではないだろうな？」仙十郎が訊いた。

「ご安心下さいませ。大部分は旅籠に預けておりましたので」

「それはよかった。落ち着かないだろうが、暫《しばら》くはあまり動くんじゃないぞ」

蹴られたところが痛むのか、吉兵衛は小さく唸《うな》りながら低頭した。

「吉兵衛」と軍兵衛が改めて、名を呼んだ。「お前さんの倅らしいのがいるかどうか、無縁仏を調べてみた」

吉兵衛は固唾《かたず》を呑《の》んで、軍兵衛の顔を見詰めた。

「奉行所にある文書には」軍兵衛が言った。「政吉らしき者はいなかった」

「さようでございましたか」吉兵衛が安堵《あんど》の息を吐いた。

「安心するのは早《はえ》え。無縁仏の中にはいなかったってだけの話だ」

「でしたら、生きているか、江戸にはいないか、ということでは？」

「もうふたつ。政吉の名を捨て、別名で生きているか、死んでいるか、だ」

「親からもらった名を、変えるものなのでしょうか」

軍兵衛が仙十郎を見た。

「多いな」と仙十郎が答えた。「累《るい》が親に及ばぬように、と名を変えるのであろうよ」

「………」

「案ずるな」軍兵衛が言った。「俺たちは、生きていると信じて探すまでだ」

「お願いでございます。動くなと言われても凝っとしていることなど、とても出来ません。何でもいたします。どうか、お手伝いさせて下さいませ」吉兵衛が畳に額を擦り付けた。

「取り敢《あ》えず、倅の顔を思い出してくれればいい」

「へっ……」

「似絵《にせえ》を作るのよ」

軍兵衛は吉兵衛に言うと、大門脇の控所にいる千吉を呼んだ。

「すぐ動けるのは、いるか」

「新六がおります」

「絵師の菱沼春仙《ひしぬましゅんせん》先生を呼びにやってくれ」

「承知いたしました」

千吉が大門脇に戻った。

「それでは、私は」

仙十郎が半刻遅れで見回りに出た。銀次と下っ引のふたりと中間《ちゅうげん》が前後に付いている。

また一日が始まるのだ、と軍兵衛は軒下《のき》から見える横長の空を見上げた。雨の気配はなかった。乾いた風が、どこかでぴゅうと鳴った。

小半刻《こはんとき》程して新六が菱沼春仙を伴って来た。

春仙は四十三歳になる。子供の頃から絵の才に際立ったものがあったが、日傭《ひよう》取《と》りの家に生まれたため、とても画塾に通う余裕はなかった。それを知った家主《いえぬし》の計らいで、菱沼派の高弟菱沼春菊《しゅんぎく》の弟子となり、二十三歳の時、独り立ちした。以後市井《しせい》で細々と絵師を続けていたところを軍兵衛と知り合い、似絵を描くようになっていた。

この似絵は、町奉行所が公《おおやけ》にする正式な人相書とは別のものだった。人相書には、顔かたちや容姿の特徴のみが箇条《かじょう》書きにされているだけで、似絵は付いていなかった。似ていなければ、探索を誤った方向に導いてしまうからだ。しかし、同心たちは、これを好んで用いた。似ていさえすれば、効果があったからである。町奉行所は、その事実を知っていたから、黙認していたのだ。

北町奉行所の同心部屋では、四人の絵師を選び、それぞれ己の気に入りの絵師に似絵を頼んでいた。軍兵衛は、いつでも菱沼春仙であった。春仙の似絵には、その者の生《お》い立ちまで描かれている、というのが軍兵衛の口癖だった。

軍兵衛は早速、春仙に政吉の似絵を描いてくれるよう頼んだ。

目、鼻、眉《まゆ》に始まり、顔の輪郭《りんかく》と、瞬く間に十六歳の政吉の似絵が出来上がった。

「よく似ております」吉兵衛が手妻《てづま》でも見たかのように唸った。

「先生、十歳程年を取らせちゃもらえませんか」

「かしこまりました」

春仙は新たな紙を取り出し、頰《ほお》や目許、口許の肉を引き締めた政吉を描き上げた。

「これが、今の政吉でございますか」吉兵衛が春仙に尋ねた。

「肉の付き具合は、人それぞれですが、大きく違ってはいないはずです」

春仙が軍兵衛に似絵を渡した。軍兵衛は睨《にら》むようにして見終えると、

「よし、彫師に回そう」

控所にいる千吉を呼んだ。千吉が枚数を尋ねた。百五十枚。軍兵衛が即座に答えた。

彫り、刷り、乾かして、半日。色刷りではないため、その道の者に頼めば、半日で仕上がる。

「では、お預かりいたしやす」

千吉が似絵を懐に収め、玄関を飛び出した。

「刷り上がるまで、ちょいと間がある。政吉の話をじっくり聞かせてもらおうか」

軍兵衛は吉兵衛に言った。

四

前谷順庵の検屍が終わった。順庵の見立ても、細身の匕首《あいくち》を使って腎の臓を一突きにする手口から同一人の仕業《しわざ》と出た。

「何度もご足労を掛け申し訳ありませんでした」

加曾利孫四郎は、前谷順庵を見送ると、いままで検屍に立ち会ってもらってい
た《ひょう六》の主夫婦と杉を探した。主夫婦の姿はどこにもなく、杉がひとり
ぽつねんと白洲の隅にうずくまっていた。
「どうした、疲れたか」
「疲れはしませんが、お園ちゃんが可哀相《かわいそう》で……」
「済まねえな。これも殺した奴を捕まえるためだ」
「分かっているんですが、裸にされていじり回されて。あれじゃ、二度殺される
ようなもんですよ」
杉が、涙に光る目で加曾利を睨んだ。
「ふたりはどうした？」
「済みません。女将さんがもう耐えられないと言うので、あたしが残るからっ
て、戻ってもらいました」
「ええ。お前さんが気丈《きじよう》なので助かるぜ」
杉が袂《たもと》を顔に当て、激しく泣き出した。留松と福次郎が、自身番から出て来
て、加曾利と杉を見ている。
「悪いが、頼まれてくれねえか」加曾利が杉に言った。

杉が顔を起こした。

「お園に着物を着せたいんだが、手伝ってやってくれねえか」

杉は、涙に濡《ぬ》れた袂を握りしめるようにして立ち上がり、自身番へと入って行った。

加曾利と留松らは、杉を伴い、園の亡骸を小舟を操って深川の禅正寺《ぜんしょうじ》に届け、《ひょう六》に戻った。明日にでも荼毘《だび》に付し、遺骨にして禅正寺に預け、園の郷里から縁者が来るのを待つのである。

《ひょう六》の夫婦は、暖簾《のれん》も出さず、気が抜けたように座り込んでいた。

「そんな面《つら》してたんじゃ、敵討《かたきう》ちは出来ねえぞ」加曾利が言った。

「そうでやすよ」留松が、言葉を引き継いだ。「お園ちゃんを殺めた奴を見付け出さなくては、仏が浮かばれませんぜ」

「忘れ物をした男だが、顔を覚えているかい」加曾利が訊いた。

「あの男が、お園を殺したのでしょうか」主が逆に尋ねた。

「九分九厘はそうだ。だから、早いとこ取っ捕まえて、問い質《ただ》さなくちゃならねえんだ」

「何で、あんないい娘《こ》を殺したんですか？」

筋は、読めていた。

武家を殺しに《ひょう六》を出た。着ているものを換えたのか、匕首を取り出していたのか、それは分からねえが、殺しの用意をしているところに園が来た。もしかすると、園には何をしているのか分からなかったかもしれねえ。だが、それでも、奴にとっては殺すに十分値《あたい》したのだ。奴は園を殺し、樽に入れ、武家を殺しに裏河岸に向かった。

町屋の者が二本差しを狙い、一撃で殺す。生半可《なまなか》な腕ではない。順庵先生が見抜いたように、素人ではなく、殺しの場数を踏んだ者に相違なかった。とすると、

（殺しを頼んだ者がいるはず）

だった。根は深い。

「捕まえれば分かるこった」加曾利は、それよりも、と言って、ぐいと身を乗り出した。

「似絵を作ろうと思うんだが、奴の顔の造作を覚えているかい？」

三人は、はた、と困惑して互いの顔を見た。

待っちゃいられねえ。加曾利は福次郎に、絵師の歌島燕雀《うたじまえんじやく》を呼んで来るよう

に命じた。

燕雀は、軍兵衛が菱沼春仙を信頼するように、加曾利が贔屓《ひいき》にしている絵師だった。

「三人で相談するなよ。それぞれがしっかりと思い出して、絵師の先生が来たら、丸顔だとか、四角だとか、思った通りのことをひとりずつ話すんだぜ」

三人が背を向け合って頭を抱えている。

女将が主の方を、もの問いたげに見た。何か、と留松が訊いた。いいえ、と女将は、あわてて目を伏せた。

半刻近く経って、歌島燕雀が現われた。安っぽい泥鰌髭《どじょうひげ》が、くったりと垂れている。

髭のために、絵師としての技量まで低く見られていることが分からねえのだろうか、と加曾利は髭を見る度に思うのだが、燕雀は気に入っているらしいので、口に出さずにいる。

加曾利は、一度三人を外に出してからひとりずつ店に入れ、燕雀に覚えていることを話させた。

三人が話し終えるのに、四半刻しか掛からなかった。

加曾利が成果を問うと、燕雀が首を横に振った。

「てんでんばらばらで、纏《まと》めようがありませんでした」

杉が、お園ちゃん、ごめんよ、と喚《わめ》きながら泣き声を上げた。

一瞬、己らがひどく見当違いなことをしているような気がした。駄目か。いや……。

「まだ手はある」と加曾利が、三人に言った。「昨日、あの客がいた時に、ここにいた連中を思い出せ。これなら、出来るだろう?」

加曾利の言葉に、杉がはっ、と顔を上げ、

「嘉助《かすけ》さんがいた」と言った。

「由吉《よしきち》さんもいた」主が続いた。

加曾利が留松に書き写せと目で命じた。

「ほら、あの意地汚い……」と女将が、苛立《いらだ》たしげに指先で床を叩いた。

「次郎兵衛《じろべえ》」

「そう。あのろくでなしもいた」

「あっ」と杉が、留松と福次郎を見た。「親分と福の親分もいた」

「まだ他にいただろう」留松が怒ったような顔をして言った。

第三章　結《ゆい》

一

一月二十一日。暮れ六ツ（午後六時）の鐘が鳴ろうかという頃――。

加曾利孫四郎と岡《おか》っ引《ぴき》の留松、そして子分の福次郎の姿は、北新堀町の煮売り酒屋《ひょう六》にあった。

既に夕七ツ（午後四時）、七ツ半（午後五時）と二度の客足の波が引き、暮れ六ツからの三つ目の波が始まろうとしていた。

最初の波は女房子持ちの者が多く、塒《ねぐら》に戻る前に一日の疲れを癒そうという者たちで、二番目は仕事を終えた独り者の職人が多く、三番目は女房子供や飯よりも酒が命、という飲ん兵衛《のべえ》が多かった。

昨日の暮れ六ツから宵五ツ（午後八時）にかけての客は、三番目の波の者たちだった。彼《か》の者たちにとって大事なのは、客種でも小女《こおんな》の器量でもなかった。己の杯を満たす酒の味と肴《さかな》の味と、もうひとつ、飲み代の安さだった。

「だから、相客のことなど、どこまで覚えておりますやら」

と主《あるじ》が心細げな声を出していたが、園が無惨にも殺されたことは既に知れ渡っており、殺《や》った奴を見付け出すための御詮議《ごせんぎ》と知るや、皆、躍起《やっき》になって思い出そうとした。

最初に現われたのは、嘉助だった。腰高障子《こしだかしょうじ》を開けて、半身を入れたところで杉が、来た、と叫んだので、思わず立ち竦《すく》んでいたが、男が着ていた着物の縞《しま》模様を思い出した。

「味噌漉縞《みそこしじま》だったと思うが、それしか覚えてねえや」

言われて留松が、はた、と膝《ひざ》を打った。ひとつ絞れたことになる。ミソこしじま、と福次郎が書き留めた。

次に由吉がふたりの仲間とやって来た。

「男がいたのは覚えているが、細かなことは何も」

覚えていなかった。杉に役立たずと罵《ののし》られ、邪険《じゃけん》に扱われていたが、帰るとは言わず、隅の方で仲間とこそこそと飲んでいる。

「本当に頼りにならないんだから」

杉が悪態を吐《つ》いている時に、女将《おかみ》から意地汚いと言われた次郎兵衛が、既にかなりきこしめした様子で入って来た。

「いいご機嫌だね」

杉は最初《はな》から見限っているらしく、注文を取ろうともしない。

「何でえ」と次郎兵衛が、店の中を見回して言った。「どうして誰も泣いていねえんだ？　薄情な奴らだな」

「あんた、お園ちゃんのこと、言ってるのかい？」

「あたぼうよ、いい娘っこだったのによ」

「えらい。あんただけだよ。泣いてくれたのは」

「そうだろう。俺は心根の温かな男なんだよ」

「分かっているよ」

「いいや、分かっちゃいねえ。何で手前《てめえ》が代わってやんなかったんだ？」

「ちょいと、今何て言ったんだい？」

「もうお前は十分生きただろう。何で代わってやらなかったんだ、と言っているんだよ」

「そりゃ、どういうこったい？　あたしとお園ちゃんはふたつしか違わないんだよ。婆《ばあ》さんみたいな言い方はよしとくれ」

ああ嫌だ、嫌だ、と叫んで杉が台所に入ってしまった。

「通夜だ、通夜だ。酒だ」

尚《なお》も呟《つぶや》くように言っている次郎兵衛に、加曾利が声を掛けた。

「お前さんも、お園を殺した奴を見ているはずなんだ。昨夜、隅の方に男がいただろう。そいつのことを何か覚えちゃいねえかな。何でもいい。思い出してくれねえか」

「駄目」と次郎兵衛が言った。「俺は飲み食いしてる時は、酒と皿しか見てねえ」

聞き耳を立てていた客たちが、一斉に、はあ、と溜息《ためいき》を吐いた。

「旦那《だんな》、そんなのと口を利いていると、馬鹿になりますよ」杉が台所から出て来ながら怒鳴った。

「へへっ」と次郎兵衛が笑った。「怒ってやんの」

他に主夫婦と杉が名を挙げた者が、四人いた。埒が知れぬ以上、四人が来るまで待たねばならなかった。

「旦那」と次郎兵衛が言った。「そいつですが、煙草入《タバコ》れを忘れて行ったとか」

「そうだが」

「よかったら、あっしに味見をさせていただけやせんか。どこの品か当ててご覧に入れやす」

「駄目だ。煙草入れも煙管《キセル》もお園が返しちまった」

「さいですか」

「何屋の何という品か分かれば、それでそいつの正体が分かるのかい」杉が訊《き》いた。

「分かるかもしれねえよ。ありゃ、いい香りがしたからな。そんじょそこらの品ではないはずだぜ」

香りに釣られて顔を上げた時、男は相手から顔を背《そむ》けるようにして、そそくさと煙草を分けてやっていた……。

あいつだ、と留松が叫んだ。煙草をもらった奴がいた。

「誰です？」福次郎が訊いた。

「丸に伊の字の半纏《はんてん》を着ていた」

「《伊勢屋《いせや》》かな」嘉助が言った。

「『伊勢屋稲荷《いなり》に犬の糞《くそ》』ってな。ただ《伊勢屋》じゃ分からねえな」由吉が言った。

福次郎が宙に字を書いた。［い］［イ］［伊］の、どれでした？

「人偏《にんべん》ですが、一画目の払いの先が一本でしたか、二本でしたか、それとも三本に割れてましたか」

「漢字の［伊］だ」

今まで話に加われなかった易者風体《えきしやふうてい》の客が、意気揚々と口を挟んで来た。

「一本なら本石町《ほんごくちよう》の小間物問屋の《伊勢屋》、二本なら松枝町《まつえちよう》の袋物問屋、三本なら伊勢町《いせちよう》の薬種問屋。平仮名ならば長浜町《ながはまちよう》の石灰《せつかい》問屋、片仮名ならば……」

「いちいちそんなところまで覚えているかよ」留松が荒い声を上げた。

「ここに来る客の中で、煙草呑《の》みで、丸に伊の字の半纏を着ているんだ。思い出せ」

加曾利は、留松を座らせながら、客に向かって大声を張り上げた。ざわめきが店内に起こった。唸《うな》っている奴もいる。ややあって、頓狂《とんきよう》な声が上がった。

「分かった」由吉だった。「為公《ためこう》だ」

「そうだ。大工《でえく》の為だ」喜助が言った。

「来てた」と誰かが言った。「昨日、来てた」

「遅いよ。来ていたのは分かっているんだよ」別の誰かが言った。

「今日はまだ来てねえな」と由吉が言った。

「おかしい。あいつが来ねえはずがねえ」

「もし為公が持っていたら、分かるのか。どこのお店《たな》の品か」加曾利が次郎兵衛に訊いた。

「あっしは餓鬼《がき》の頃からの煙草呑みですからね。かみさんの面《つら》や名を間違えても、煙草は間違えませんや。付き合いの長さが違う」

「為公だが、来ない時もあるのか」加曾利が由吉に尋ねた。

「そりゃありやすが、来るまじないをすれば直《す》ぐに参りやす。やりやしょうか」

「やってくれ」

「旦那の奢《おご》りだよ。今来りゃ飲めるよ」

由吉が顔の前で掌《てのひら》を擦り合わせた。途端《とたん》、「よう」と腰高障子が開いて、鼻の頭を赤くした男が入って来た。

「旦那、来やした」由吉が、手で為公を指した。

「恐れ入ったぜ」

加曾利は、為公を手招きし、座敷の端に座らせた。

「昨日、ここで男から煙草をもらったな？」

「よくご存じで。もらったあっしが、そいつを思い出すのに難渋してたのに」

「どういうことだ？」

「何で、こんないい煙草を持っているんだろうって」

「そんな調子だと、くれた男の面なんぞ、覚えちゃいねえな」

「自慢じゃありやせんが、過ぎたことはきれいさっぱり忘れる質《たち》なんでござんすよ」

加曾利は、為公の御託《ごたく》を無視して訊いた。

「もらった刻みだが、まさか全部吸っちまったなんて言わねえだろうな」

「勿体《もったい》ねえんでね。誰にもやらないで、ちびちびと吸ってましてね。だから、まだあるんでございやすよ」

へへっ、と笑った為公の鼻の先に、加曾利が手を差し出した。

「何も言わずに、寄越《よこ》せ」

腰にぶら下げている煙草入れを取り上げ、次郎兵衛に渡した。為公が未練がましく、ああっ、と呟いていたが、誰も味方に付く者がいないので静かになった。

為公が、側《そば》にいる男に、何がどうなっているのか訊いている。うるせえ、黙って見てろ。言われて、為公も次郎兵衛に渡った己の煙草入れを見詰めた。

「吸ってみてくれ」

「へい」

次郎兵衛は煙管《キセル》に刻みを詰めると、火を点《つ》け、深く一服吸い込んだ。煙が出て来ない。待った。じりじりと皆が見ている前で、次郎兵衛の鼻から棒のような煙が吐き出された。いい香りが、店に棚引いた。

「美味《うま》いねえ」

次郎兵衛がしみじみと言った。

「これはあっしどもが吸う品と違いやすね。深く、濃いのに切れがよく、雲を吸っているように、爽《さわ》やかでさえある。旦那、［春霞］ってご存じですか」

「俺が吸っている」

「あれの五倍はしますぜ、こいつは。こんな高価な品を買えるのは、大店《おおだな》の主か番頭で、言いたかありやせんが、こんなしけた店《とこ》で酒を飲む男が吸う品じゃござんせんよ」

「しけた店で悪かったな」主が文句を投げ付けた。

「そんならお足をきっちりと払っておくれ」女将も続けた。

「ものの譬《たと》えだからな、そう怒るんじゃねえよ」留松が宥《なだ》めた。

「それで」と加曾利が言った。「どこの店の何という品か分かったのか」

「恐らく、本 銀 町《ほんしろがねちよう》は《相模屋《さがみや》》の極上品［雲の雫《しずく》］だと思いやす」

おおっ、と客の間から響動《どよ》めきが起こった。

「よく分かったな。大《てえ》したもんだ」

「一度だけ、もらい煙草をしたことがあったんでやすよ」

「何でも、もらっておくもんだな。とにかく、よくやったぜ。早速《相模屋》に当たってみよう」

「あっ」と為公が叫んだ。

「何だ？　手前、まだ文句があるのか」為公の隣の男が凄《すご》んだ。

「違う。耳だ」と為公が、己の耳を指した。

「耳がどうした？」福次郎が訊いた。

「奴の耳穴から、長い毛がわさわさ生えていたんでやすよ」

「そうだよ」と杉が言った。「熊かい、こいつは、って思ったのを思い出したよ」

「皆、出来《でか》したぞ。奢りだ、飲め」加曾利が両手を広げた。

「旦那、あっしにも奢らせておくんなさい」と主が言った。

二

一月二十二日。

朝五ツ（午前八時）に出仕《しゅっし》した鷲津軍兵衛は、加曾利らと半刻《はんとき》（一時間）程それぞれの調べの進み具合を話し合った後、手先を率いて奉行所を出た。

南北両奉行所の前には、腰掛け茶屋《ぢゃや》があった。奉行所に訴えに来た町屋の者が順番を待つのに使ったり、所払いを言い渡された者が家族と最後の別れを惜しむのに使われたりする茶屋であるがために、待つの洒落《しゃれ》で俗《ぞく》に［松木《まつき》茶屋］とも［涙茶屋］とも呼ばれていた。

軍兵衛らが奉行所から出て行くと、待ち構えていたのだろう、［涙茶屋］の奥から吉兵衛が腰を屈《かが》めながら現われた。

「どうしたい？」

小網町の千吉が尋ねた。

「とても我慢が出来なくて……。決してお邪魔はいたしませんので、お供をお許し下さい」

「いかがいたしやしょうか」千吉が軍兵衛に訊いた。

「大分歩くが、大丈夫か」軍兵衛が尋ねた。

「足手纏《まと》いにはならないつもりでおります」

「後から付いて来な。とにかく政吉の顔を知っているのは、お前さんだけだからな。いてくれりゃ便利には違《ちげ》えねえんだ」

吉兵衛は最後尾の中間《ちゆうげん》の後ろに付いた。

「手始めに、どこから当たりやしょう」

「梅吉を訪ねるか」

鬼の梅吉の縄張りは、上野寛永寺から三ノ輪一帯だった。下谷《したや》山崎町《やまざきちよう》の蕎麦《そば》屋を女房と弟夫婦に任せ、己は岡っ引として町内の揉《も》めごとを裁いている。

八年前のことになるが、由比の者が政吉を見掛けたのは浅草だった。また政吉らしい、と板橋の話を吉兵衛に持って来たのは、梅吉の子分だった。子分の者は、どうやって政吉らしいという話を聞き付けたのか、それを問い質《ただ》してから、上野浅草に詳しい梅吉に、無宿者が集まりそうなところを訊くのが手っ取り早い、と軍兵衛は踏んだのだ。

「下谷まで行くとなると、丁度いいじゃねえか。人出の多いところばかりだ。探しながら行こうぜ」

常盤橋御門《ときわばしごもん》を渡ってから鉤《かぎ》の手に東に進み、本町《ほんちょう》の一丁目、二丁目と歩いてから北に折れ、十軒店《じっけんだな》へと出た。

人形の町である十軒店は、二月二十五日から三月二日までの雛《ひな》人形市、四月二十五日から五月四日までののぼり市、そして十二月二十五日から元日の朝までの羽子板市の間、訪れる人波で溢《あふ》れかえる、江戸の名所のひとつだった。

更に本石町、本銀町、神田鍛冶町《かじちょう》と行き、神田鍋町《なべちょう》で土地《ところ》の岡っ引に政吉の似絵《にせえ》を見せたが、得るものは何もなかった。気を取り直して歩き出し、須田町《すだちょう》で甘酒を飲み、筋違御門《すじかいごもん》を北へと渡った。

そのまま北に進み、突き当たりを東に折れ、もう一度北に向かう。この下谷広小路に通じる道を下谷御成《おなり》街道と言った。人通りに加え、道端で担《かつ》いで来た品物を売る立売りの者の姿が多くなった。青菜に菓子に玩具《がんぐ》など、通りを行けば一通りのものが揃《そろ》うだろう。足を止める者、見向きもしない者、それぞれが勝手気ままに流れて行く。

軍兵衛は、振り向いて吉兵衛の様子を見た。人込みに目を凝らしていた。

下谷の広小路を抜け、三橋《みはし》を渡り、五条天神《ごじょうてんじん》の前を通り、山下を北東《うしとら》の方角に歩いた。

この辺りは蹴転《けころ》と呼ばれる私娼《ししょう》の巣窟《そうくつ》のひとつでもあった。

下谷山崎町は、寺社と武家地に挟まれた静かな佇《たたず》まいを見せていた。

梅吉が女房と弟夫婦に任せている蕎麦屋《三日《みっか》蕎麦》は直ぐに分かった。

三日にあげず蕎麦を食いたくなるという、己の性分から付けた店の名だったが、客もほどほどに付いているらしい。

軍兵衛は店脇にある抜け裏の入り口で止まり、千吉に梅吉を呼び出して来るように言った。ひとりならまだしも、いくら岡っ引の店でも、八丁堀の同心が手先を連れてどやどやと入ることは憚《はばか》られたのである。

千吉は裏に回り、台所口に向かった。程無くして、襷《たすき》を丸めて手にした梅吉が、千吉に続いて抜け裏に現われた。

「これはこれは」と梅吉が軍兵衛に言った。「ご無沙汰《ぶさた》しておりやす」

こんなところでは話も出来やせん、どうか寄っておくんなさい。表の方を手で指し示そうとして、吉兵衛に気付いた。

「親父《おやじ》さん、先だっては済まなかったな。そそっかしい奴なんで許しておくんなさい」

吉兵衛が慌てて腰を屈めた。

「お前さんも会っているのかい」

「江戸は初めてのお人でやすからね。こんなあっしでも一応は十手持《じっても》ちでございやすから、子分の奴を信用してもいいですよ、と言いに、旅籠の方へ顔出ししたって訳で」

「そうだったのか。行き届いた男だな」

「とんでもねえことで。至って不調法《ぶちようほう》でございやす」

《三日蕎麦》の二階の座敷に上がった。

二階には格別の客しか上げないので、御役目の話も出来るのだ、と梅吉が言った。

遅れてふたりの子分が顔を出した。軍兵衛は、ふたりとも見覚えがあった。ノスリの市兵衛の亡骸を、大八車に乗せて寺に運んでくれた子分衆だった。丑《うし》と駒《こま》市《いち》と名乗った。

政吉の名を聞き込み、吉兵衛を板橋まで連れて行ったのは、丑の方だった。

「早速だが、板橋に政吉らしいのがいると、どこで聞き込んだのか話してくれね

て」

「親父さんに会い、話を聞いた後、あちこちに顔を出していたら、巣鴨町上組《すがもちよう》の自身番の番人をしている多助《たすけ》さんに出っくわしやして、その時に聞いた話でし
えか」

「多助というのは、巣鴨で生まれ育っている正直者でございやす」と梅吉が口を添えた。

「済まねえな。親分たちの仕様にけちを付けに来た訳じゃねえんだ。他に手掛かりがねえんで、藁《わら》にも縋《すが》る思いで話を聞きに寄せてもらったんだ。もし気に障《さわ》ったら、勘弁《おっ》してくれ」

「何を仰しゃいやす。そのようなお心遣いはご無用に願いやす」梅吉は、丑とともに笑って見せてから、尋ねた。「で、政吉でございやすが、何かいたしましたんで？」

軍兵衛は、政吉が由比を飛び出す前の晩に泊まった旅人のことを話した。

「その赤痣《あかあざ》が、ぞろ目の双七かは分からねえんだがな」

お前さんも吉兵衛に関《かか》わっちまったんだ。倅《せがれ》の似絵を作ったんで、気に留めておいてくれ。懐《ふところ》から似絵を取り出し、梅吉に渡した。

「拝見しやす……」

　梅吉の動きが止まった。凝《じ》っと似絵を見据えている。

「どうしたい？」

「ちょいとお待ちを。丑、駒」

「へい」丑と駒市が、返事を重ねた。

「真っ新《さら》な気持ちで、こいつを見てみろ。どうだ、見覚えがねえか」

　と言って、ふたりの目の前に似絵を翳《かざ》した。丑は、それが癖なのか、下顎《したあご》をもぐもぐと動かしながら、あっ、と叫んだ。遅れて、駒市も叫び声を上げた。

「よし、手前《てめえ》らもそう思うか」

「親分も、でやすか」丑と駒市が訊いた。

「旦那、こいつは四年前に兄貴分と殺し合いをした相州無宿の、何と言ったかな、思い出せねえ、丑」

「政五郎《まさごろう》でございやす」

「そうだ。政五郎だ……」言ってから、何をためらったのか、梅吉が口を噤《つぐ》んだ。

「政吉に政五郎。政の字が一緒でございやす。これは決まりかもしれやせんぜ」

千吉の言葉に新六が手を打ち鳴らした。

「梅吉、何か言いてえことがあるんじゃねえのかい？」軍兵衛が言った。新六が、打ち合わせた手を宙で止めている。

「もし政五郎が政吉ならば、親父さんにゃ気の毒だが、もう会うことは出来ねえんで」

「島流しか」

「いいえ、兄貴分を殺した後で、咽喉《のど》を突いて死にやした……」

畳を打つ音が座敷に響いた。吉兵衛が突っ伏して、背を波打たせている。

「その兄貴分だが、名は何と言った？」

「沼田《ぬまた》の三二郎《さんじろう》でございやす」

ぞろ目の双七とは、名が違い過ぎる。別人なのか。

「赤痣は……」咽喉のところだ、と痣のある場所を手で示した。

「そんなものはございやせんでしたが」

双七ではない。とすると、

「政五郎だが、間違いなく政吉だと言える証《あかし》はねえかな」

「無宿渡世《とせい》の者に、それを求められてもご無理かと存じやすが」

「何でまた殺し合いなどしたんだ」

「女の取り合いでさあ。結《ゆい》って名の女ですが、こいつが滅法《めっぽう》いい女でして。旦那
……」

「何だ？」

「女は生きておりやす。生まれや育ちなど、何か訊いているかもしれやせん。お会いになられやすか」

「居場所は分かっているのかい」

「茶屋の女ですので、どう移ろうと、居場所は追えやす。取り敢《あ》えずは、四年前の茶屋に参りましょう」

「案内してくれ」

軍兵衛の脇で、畳に額を押し付けて泣いていた吉兵衛が、袂《たもと》から取り出した手拭《てぬぐい》で涙と洟《はな》を拭いながら、立ち上がろうとした。

「手前も連れて行って下さい。お願いいたします」

「駄目だと言っても」

「付いて行きます」

「ならば、来るがいいさ。子の親として、今更引けねえだろうしな」

「ありがとう存じます」

吉兵衛が手拭で音高く洟をかんだ。火の気のない座敷に響いた。

軍兵衛らは、寛永寺を半周して、谷中感応寺《かんのうじ》裏の新茶屋町《しんちゃやまち》に出た。ここは四十七軒の茶屋があったことから［いろは茶屋］と呼ばれていた。

結が働いていたのは、《松葉屋《まつばや》》という上野の御山と通りを挟んで向かい合ったところに建つ茶屋だった。結は既に、この町を出ていた。ここにいたのは、四年前の一件に先立つ半年前からで、その後三月《みつき》で辞めていた。

次に結が勤めた店は、浅草金龍寺《きんりゆうじ》門前町の茶屋《飛《と》び梅《うめ》》だった。ここで一年と少し働いてから、高砂《たかさご》町《ちよう》の茶屋に鞍替《くらが》えをしていた。高砂町は、中洲の三《み》ツ俣《また》から北に入った浜町堀に架《か》かる高砂橋の西河岸にあった。

「《佐倉屋《さくらや》》、ご存じですか」と結のかつての朋輩《ほうばい》が言った。

「［紬《つむぎ》茶屋］のか」軍兵衛が訊いた。

「器量よしだから、浮かび上がれたんですよ」朋輩の羨《うらや》ましげな口振りが、軍兵衛の胸に迫った。

浮かび上がれた、と朋輩が言ったのには、訳があった。

「紬茶屋」とは、一言で言えば、高級な茶屋だ。お店者《たなもの》なら、入店して十五年以上経《た》った三十歳頃にやっと許される黒紬の小袖《こそで》を着るような者でなければ、とても足を向けられない。店構えも酒も料理も良く、特に格式張った決まりはないが、値段はべらぼうに高い。つまり、遊ぶ金に不自由しているような、野暮《やぼ》で無粋《すい》な者は最初《はな》からお呼びではないのだ。当然、そこで働く女たちも、代金に見合うだけの器量と機知《きち》が求められた。

《飛び梅》を辞し、軍兵衛らは高砂町に向かった。

浅草御蔵の前を通り、鳥越橋《とりごえばし》を渡り、浅草御門へと続く道筋を歩くのである。腰掛け茶屋があった。茶をもらい、餅《もち》を食べ、小腹を満たしてから出発することになった。

軍兵衛に千吉、新六、佐平、そして梅吉に丑と駒市に吉兵衛と中間の、総勢九名である。入り口近くに立たれたのでは、他の客が捕物かと寄り付かなくなる。乞《こ》われて、一行は奥に座った。

狭いが、手焙《てあぶ》りに手を翳《かざ》し、熱い茶を啜《すす》っていると人心地が付いた。

吉兵衛が両の手で持った茶に顔を埋めている。新六と佐平らは焼き立ての餅に食らい付いている。千吉と梅吉が、言葉少なに町の顔役について、互いの知るところを話し合っている。軍兵衛は湯飲みに息を吹きかけながら通りに目を遣った。

相変わらずの人波だった。

吉に向かって歩いているのか、凶に向かっているのか、それぞれが、それぞれの思い込みに支えられて歩いているのだろう。茶を飲み込んでいた軍兵衛の目に、ひとりの男の姿が映った。辰だった。

――あっしが善人か悪人か、旦那、お分かりになりやすか。

と煮売り酒屋《田貫》で問うて来た男だった。

辰は、どこかで酒にありついたのだろう、満ち足りた顔をして、ゆったりと歩いている。その辰の歩みが、時折大店の前で滞《とどこお》った。足が止まると、途端に身体《からだ》の動きが変わる。油断なく周囲に気を配り、お店を睨《ね》め回しているという感じであった。

（何を見ていやがるんだ……）

その時、辰と三間程《けん》（約五・四メートル）の間を空けて歩調を合わせている浪人者がいることに気が付いた。

浪人は、四囲に気を配るという風ではなかったが、辰を見守っているようにも見えた。そんな浪人と辰との関係が頷《うなず》けなかった。側にいるのは、単なる偶然に過ぎないのか。

もう少しよく見てみようと、浪人を見詰めた。面差《おもざ》しに覚えがあった。誰であるのか思い出すのに、時は要らなかった。十五年振りに見る彦崎基一郎であった。

（彦崎さん……）

ふたりを見詰めていた軍兵衛に、千吉が声を掛けた。

「そろそろ参りやしょうか」

彦崎が懐手をしたまま俯《うつむ》けていた顔を上げた。

今ここにいることが不愉快で堪《たま》らないような、だが、他に行く当てもなく、ここにいるというような、どこか投げ遣りなところが見受けられた。

気になるものでもあったのか、彦崎がふいに空を見上げた。軍兵衛も見上げてみた。格別に何があるというのでもなさそうだった。

――目は暗く、乾いていた。

波多野豊次郎が言った言葉が、軍兵衛の耳朶《じだ》に甦《よみがえ》った。

嫌な予感が、軍兵衛を襲った。久しく疼《うず》かなかった頬《ほお》の傷が、疼いた。軍兵衛は彦崎の腰のものに目を留めた。がっちりとした拵《こしら》えの太刀だった。

「旦那」と千吉が言った。

「おう」軍兵衛は袂から一朱金を取り出し、支払いを済ませるように、と千吉に言った。

辰と彦崎が、人の流れに乗って、歩き始めた。あちこちを見ているからか、辰の姿は揺れて見えたが、彦崎の後ろ姿には微塵《みじん》の乱れもなかった。腕は衰えていない。いや、と軍兵衛は心の中で首を横に振った。十五年前よりも強くなっている……。

三

煙草問屋の《相模屋》は、大店が建ち並んでいる本銀町界隈《かいわい》でも指折りの老舗《しにせ》だった。

家康《いえやす》、秀忠《ひでただ》、家光《いえみつ》の三代に仕《つか》え、大老にまで上り詰めた土井大炊頭利勝《としかつ》は、無類の煙草呑みとして知られていたが、《相模屋》は、その利勝が贔屓《ひいき》にした店であった。

加曾利孫四郎は、煙管の絵看板を横目で睨みながら、暖簾《のれん》を潜《くぐ》った。留松と福次郎が続いた。

小僧の威勢のいい声が、三人を迎えた。

「番頭を呼んでくれ。御用の筋だ」留松が言った。

小僧が顔色を変えて番頭を探している間に、八丁堀だと気付いた手代のひとりが番頭に耳打ちをし、別の手代が「こちらへ」と隅の方へと案内をした。

「何か」

番頭が、手代の用意した座布団を勧めながら、加曾利に訊いた。

「騒がせちまって済まねえが、ちと見てもらいたい煙草があるんだ」

加曾利は懐から懐紙を取り出して広げた。中には、大工の為から取り上げた刻みが入っていた。

「これなんだが、ここで売られたものかどうか教えてくれねえか」

番頭は刻みを凝っと見てからにおいを嗅《か》ぐと、多分間違いないと存じますが、念の為、と呟いて煙草盆を引き寄せた。

番頭は火皿にほんの一摘《つま》みの刻みを詰め、火入れに翳すと、深く一服吸い込み、大きく頷いている。手前《てめえ》、隠居の煙草指南じゃねえんだ、早く話せ。加曾利は心の中で悪態を吐《つ》いた。

「確かに」と番頭が勿体振って言った。「手前《てまえ》どもが商っておりますものでございます」

留松と福次郎が鼻息を荒くしている。

「[雲の雫]か」

「よくご存じで」番頭が灰吹きに雁首《がんくび》を叩《たた》き付けた。「察するところ、旦那は相当お好きな方でございますな」

煙草を吸う真似《まね》をした。

そんなこたぁどうでもいいんだ。加曾利は、刻みを指さし、こいつは、と言った。

「安物じゃねえ。買える者は限られている」

「まあ左様でございましょうな」

「町屋の者で、遊び人風体《ふうてい》の者に覚えはねえか。耳毛が出ているんだが」

「少々お待ちの程を」

番頭は手代を手招きすると、声を潜めて訊いている。[雲の雫]、遊び人、耳毛という言葉が聞こえて来た。ひとりが去ると、また別の手代を呼び、訊いている。丁寧だが、のんびりとした仕事だった。四人の手代から訊き終えると、ふう、と息を吐いて向き直った。

「お待たせしました。確かにそのようなお客様がいらっしゃったかもしれませんが、あまりよく覚えていないようでございます」

「あまりってことは、多少は覚えているのだな」

「いえ、まったく……」

「そういう時は、あまりとは言わねえんだ」

「失礼をいたしました」

「［雲の雫］は、極上品だ」と、改めて加曾利が言った。「担ぎ売りにも持たせているのか」

「量は少のうございますが、担ぎ売りの者が土地の髪結《かみゆ》い床に卸しておりますはずで」

「それだ。そいつらに訊けねえかな」

「月に三回お店に参ります。八の日です。九の日の方がよろしいのですが、苦に繋《つな》がるもので」

「そんなことはいい。八ってえと二十八日か」

六日後になる。

「左様でございます」

「待てねえ」

「困りましたな」

「その担ぎ売りの住まいを教えてくれねえか。行って直《じか》に尋ねたいんだが」

「少々お待ち下さい。主に訊いて参りますので」

それぐらい、主人に訊かずとも、手前で何とかしろい、と咽喉まで出掛かったが、嫌みを重ねて機嫌を損ねることもあるまい、と待つことにした。

番頭は主の前から離れると、帳簿のようなものを持ち、中暖簾の奥に消えた。

(何だよ。憚《はばか》りじゃねえだろうな)

舌打ちしたいのを堪えていると、番頭が半切紙《はんきりがみ》をひらひらさせながら戻って来た。

「お待たせしました。これが担ぎ売りの者十五名の名と住まいでございます」

三枚の半切紙にびっしりと書かれていた。加曾利は、手に取ると、

「写させてもらうが、いいか」留松に手渡そうとした。

「お待ちを」

「駄目なのか」

「そうではなくて、それを差し上げます」

「これをか」

「ささっ、と写して参りました」

「お前さんが？」

「他に誰がおります？」

「済まねえな」見直す思いで番頭に礼を言った。

「手前はこう見えても気が短くて、てきぱきと仕事をしないと気持ちが悪い方なんでございます」

「そう見えるぜ」加曾利は、嫌みを言わなくてよかった、と思いながら、留松と福次郎を見た。

「流石《さすが》、大店の番頭さんだ」と留松が言った。

「やることが早《はえ》えや」福次郎が続けた。

《相模屋》を出た角に甘酒売りがいた。

加曾利は甘酒を啜りながら、手分けして調べよう、と留松に言った。

「奴どもはお店勤めの者と違って、塒にいる時分が決まっちゃいねえ。その分手間が掛かるからな」

「旦那、これはあっしどもに任せちゃくれやせんか」留松が言った。

「ふたりでやろうってのか」

「こんなこともあろうかと、日頃から目を掛けているのがおりやす。使えるかどうか試してみたいんでございやす」

「よし、任せようじゃねえか」

「ありがとうございやす」

加曾利は懐から金子《きんす》を取り出し、一分金と一朱金を取り混ぜて留松に渡した。ざっと見ただけでも、一両近くはあった。

「旦那、多過ぎやす」

「けちなことを言うねえ。この寒空を走らせるんだ。小遣いはたっぷりくれてやれ。そしてな、今日は初日だ。遅くとも宵五ツ（午後八時）までには終えて奉行所に顔を出してくれ。酒を奢るぜ」

「承知いたしやした」

留松と福次郎は、甘酒をぐいと飲み干すと、早速呼び集め、調べさせますんで、と言って、駆け出して行ってしまった。

「親父」

ひとり残された加曾利が、甘酒売りの脇に屈み込んで言った。

「商売は、どうだ？」

「さっぱりでさあ」

乾いた風が、埃《ほこり》を舞い上げて、向こうの辻《つじ》を吹き抜けて行った。

「一雨ほしいところだが、そんなこと言うと、親父にどやされちまうかい」

「あっしどもに、首を縊《くく》れってことですからね」

「世の中ちぐはぐなものだな」

「それで釣り合っているんでしょうがね」

「違《ちげ》えねえ」

加曾利は勢いを付けて立ち上がると、過分な心付けを乗せて代金を払った。

留松は、番頭がくれた三枚の半切紙のうちの一枚を福次郎に渡して別れ、自身は霊岸島浜町に取って返した。

岡っ引になりたがっていた髪結い床の弟子と、山谷舟の見習い船頭と、煮売り酒屋の倅《せがれ》から、何かの時には手伝うので声を掛けてくれ、と言われていたのである。

見習い船頭は大川に出てしまっていたので使えなかったが、他のふたりはふたつ返事で付いて来た。

「難しいことじゃねえ」

相手の名を確かめ、相違ないと分かったら、「雲の雫」という煙草を買った町屋の者がいなかったか、と訊くんだ。耳毛が伸びた野郎だぜ。

「一度だけ遣り方を見せるから、一緒に来い」

霊岸島浜町から湊橋、崩橋と渡って行徳河岸に出、小網町を北に向かって走っていたところで、徒目付の二瓶角之助が、供も連れずにひとりで歩いて来るのに出会った。二瓶は、脇目も振らず、ただ前を見詰め、怒りを嚙《か》み殺しているような顔をして歩いていた。

留松は、ふたりに止まるよう言うと、道の脇に寄り、軽く頭を下げた。

二瓶は、ちらと留松を見てから、留松が誰だったかを思い出そうとしているのだろう、暫《しばら》く凝っと見ていたが、やがて思い出したのか、其の方か、と呟いてそのまま歩き去ってしまった。

――あれは狼《おおかみ》の目でございやした。

とその夜、留松が話すと、

――何かを追っているんだろうよ、と加曾利が詰まらなそうに答えた。

――何かって、三坂って御侍殺しじゃねえんですかい？

――どこまで調べが進んでいるか。考えてみろ。とても耳毛まで辿《たど》り着いちゃいねえだろうよ。焦っているんだよ。

加曾利は美味《うま》そうに酒を飲み干した。

担ぎ売りの者どもは、勤勉に働く者もいれば、夜遊びを続けて塒に帰らぬ者もいて、その日のうちに訊くことが出来たのは、十五名中七名だけだった。七名の中に、耳毛の男に見覚えのある者はいなかった。

四

高砂町の堀端に［紬茶屋］の《佐倉屋》はあった。

門脇の柱行灯《はしらあんどん》に書かれている店の名を確かめてから、軍兵衛は檜皮葺門《ひわだぶきもん》を潜った。千吉らが続いた。

軍兵衛らの足音を聞き付けて、玄関に先回りをしていた番頭が、人数を見て、腰を浮かせた。総勢九名である。直ちに座敷に上がり込み、大捕物を始めるのかと思ったのである。

「脅かして済まねえな。ちょいと話を聞きたいだけなんだ。旦那か女将はいるかい」

番頭が帳場にすっ飛んで行った。主と女将が先を争うようにして、玄関口に現われた。

「御用の向きは、どのようなことでございましょう?」女将が言った。主は女将の背に隠れるようにして、小声で同様のことを口にした。

軍兵衛は結の昔の客のことで尋ねたいことがあるのだ、と女将に話した。

話は長引くのかと女将が訊いた。長く掛かったのでは、よい顔をしてはいられないのだと女将が言った。それ程強気に出るからには、奉行所筋に強い力を持っている者と繋がりがあるのだろう。

だが、それは女将の勘違いに過ぎなかった。どんな役職の者でも、茶屋ひとつのことで八丁堀と喧嘩《けんか》するとなれば、黙ってしまうことは目に見えていた。

しかし、軍兵衛は、ここで反撥《はんぱつ》を買うよりは、と下手に出ることにした。

「手間は取らせぬ。ちと話を聞ければよいのだ」

玄関口に九名並んで立っていられた日には、客が逃げてしまう。

帳場の裏の座敷を使うように、と女将が言った。

座敷に上がり、出された渋茶を啜っていると、結が酒くさい息を撒《ま》き散らしながら、座敷に現われた。ずらりと並んだ町方を見た瞬間、険《けわ》しい目付きをしたが、鬼の梅吉に気付き、その口から政五郎の名を聞くと、安堵《あんど》の息をそっと吐き出した。

「何かと思いましたよ。脅かしっこなしですよ」

結は袖で顔に風を送っている。

軍兵衛は結に、政五郎と話していて覚えていることがあったら教えてくれるように、と言った。

「政五郎の生まれだが、どこだか知ってるか」

「何度も話してくれました。由比宿だと言ってました」

おっ、と言って、千吉と梅吉が眉を上げた。新六と佐平、そして丑と駒市も身を僅《わず》かに乗り出した。吉兵衛は、握《にぎ》った拳《こぶし》を震わせている。

「政五郎さんは、故郷《さと》に帰りたがっていたんですよ、ずっと死ぬまでね」

「どうして分かる？　そう言ったのか」

「言えませんよ、意地でもね。その代わり、故郷の話をするんです。あたしは故郷に捨てられたし故郷を捨てた者だから、誰にも故郷がどこかなんて話したこと、ありませんけどね」

「どんなことを話したか覚えているかい？」

「あたしの名が結ですから、最初は冗談かと思っていたんですよ。そしたら、向きになって、薩埵峠《さったとうげ》から見える東海道と富士の御山の話とか、栄螺《さざえ》や鮑《あわび》が美味《おい》しいことなどを話してくれました……」

結が口を閉ざして、何かを見ている。軍兵衛が振り向くと、吉兵衛が声を押し殺して泣いていた。

「もしかしたら、こちらは？」

「政五郎、本当は政吉と言うのだが、親父さんだ」

我慢の堰《せき》が切れたのだろう、吉兵衛が声を上げて泣き始めた。

「探しに来たのだ。由比からな」

「そうだったのですか」

結は居住まいを正すと、畳に手を突き、深々と頭を下げた。

「申し訳ありませんでした。大事な息子さんを死なすような羽目に陥《おとしい》れちまって、お詫《わ》びの申し上げようもございません」

「好いていて、くれたのですか」吉兵衛が結に訊いた。

「はい……」

「政吉だが、お前さんが知り合った頃の様子を聞かしちゃくれねえか」

「腕っ節《ぷし》が強かったので、まだまだ新顔だったのに、いい顔になっておりまして、羽振りもよかったと覚えています。聞いた話だと、由比を出て、江戸に着いた時には、路銀を使い果たしていたそうですが」

「十両の金を持っていたはずなんだが」吉兵衛が言った。

「その金子《きんす》は、品川の宿で博打《ばくち》を打ち、無一文にされたんだそうです」

「続けてくれ」軍兵衛が言った。

「江戸の町に入ったけれどお腹《なか》が減ったので、芋だったか握り飯だったかを、盗んで逃げたのだそうです。ところが」

　地回りの者に追われちまって、半殺しの目に遭《あ》いそうになった時、誰かが、止《や》めろと言って助けてくれたのだ、と言っていました。

　お前、行くところはねえのか。ない。飯くらい食わせてやるから付いて来な。

「それが、殺しちまった兄貴分か」

「多分、出会っちゃいけない者同士が出会ってしまったんでしょうね」

「誰かを訪ねたという話は聞いていないか。由比の宿で知り合ったとか」

「いいえ、何も」

「そうかい。お前さんのことを訊いてもいいかな」

「どうぞ」

「政吉とはどこで知り合った？」

「それを言うなら、あたしが江戸に来た時から話さないといけませんが」

「構わねえ。話してくれ」軍兵衛が言った。

「国でいろいろありましてね」

と結が言った。

いても殺される。だったら、と山と川を伝って国を出て、江戸に来たんですよ。何とかなる。そんな気でね。

着いた時には、国を出て十何日くらい経《た》っていましたかね。後ろから来た人が、足の汚さに驚いて、声を掛けて来たんですよ。

姐《ねえ》さん、どうした？

驚きました。何者だろう、あたしをどこかに売ろうとして声を掛けたのかしら。売られて惜しい身体でもありませんでしたが。

あたしの顔色を読んだのでしょうね。その男が、顔の前で手を矢鱈滅法《やたらめっぽう》、振ったんです。違うよ。何も取って食おうって訳じゃねえ。行く当てがあるのか心配しただけだ。大丈夫なんだな？

はい。

ならばいいんだ。でもよ、よかったら話してみな。行きたいとこがありゃ、道筋くれえ、教えてやるぜ。

答えずにいると、行く当てがねえなら、早いとこ埃《ほこり》を落として宿に入るんだな。悪いのが声を掛けるからよ。

それだけ言って行こうとするので、
あの。

何だ？

日本橋は？

江戸と言ったら日本橋。そこしか知らなかったんですよ。

日本橋かい？

指さして教えてくれてから、行ってどうするんだ。あの辺りは大店ばかりだぜ。

あしを使って……。

足を使って、どうしたいんだ？

そうでねくて、あしを使ってくれそうなお店は？

足じゃなくてあっしか。ねえよ、嘘《うそ》じゃねえ。身許《みもと》の引受人もいねえんだろ。無理だな。田舎《いなか》を飛び出して来たのかい？　そうか、取り敢《あ》えずは飯が食えて寝られればいいよな？　だったら、付いて来な。

裏通りの煮売り酒屋に行くと、あたしの背を押すようにして店に入れ、どうだろう、置いてやってくれねえか。若い娘を野宿させる訳にもいかねえしな。

亭主が迷っていると、万一この娘が盗んでずらかった時は、俺が損料を払う。これが預け金だ。

巾着《きんちゃく》から小粒を幾つも出しているじゃありませんか。申し訳なくて、あたしが袖を引こうとすると、これは俺の信義に関わることだ、口出しするな。

分かりました。お引き受けしましょう。ようやく亭主が折れてくれたんです。

決まりだ。よし、古着屋へ行って湯屋に回るぞ。

どうしてそんなに親切なのですか。

お前は、三年前の俺だからよ。

それが政五郎さんでした。

あの悪《わる》が何を考えているんだか。そのうちに正体を現わすよ、と亭主は言っていたのですが、時折顔を出すだけで、あたしに手を出そうともせず、そして三年が経ち、あたしはすっかり店に慣れ、看板になっていたんです。

あたしたちは三年の間、誰に言っても分からないかもしれませんが、どうだ、元気か。辛《つら》くはねえか。大丈夫よ、お酒があるもの。なんていう他愛《たあい》もない言葉しか交《か》わしておりませんでしたが、それで心が通っていたのです。そんな時に言い寄って来たのが、政五郎さんの兄貴分の三二郎さんでした。

三二郎さんもいい人でした。何くれとなく気を遣ってくれ、珍しい物を買って下さったり、そのふたりが私のことで喧嘩をし、ふたりとも死んでしまったのです。

国で起こったのと同じことがまた起こってしまって、ただ今度は、あたしを殺す、と息巻いている親類の者がいなかっただけで。

好いた人といい人が死んで、どうしようもないあたしが残ったって訳です。

あたしも政五郎さんも故郷を捨てた者同士。

「上手《うま》くいくはずないと思ってた……」結が、自らに言い聞かせるように呟いた。

「そんなこたぁねえよ。お江戸に住んでいる者の半分は、故郷を捨てた連中だ」

軍兵衛の言葉が、空《むな》しく流れた。

「好いていた……」と結が、また口を開いた。

でも、一緒になっても、幸せになれそうな気はしなかった。だから、あの人も
そんなことは言わなかった。それからこっちは……。

「もういいわね」無理に笑おうとしたのだろう。結の頰《ほお》が微《かす》かに震えた。

「あんたに罪はない」と吉兵衛が、声を振り絞るようにして言った。「あんたはいい人だ」

「ありがとう」結が答えた。

「政五郎の周りに、咽喉の辺りに赤い痣のある奴はいなかったかい。双七って名なんだが」

「いいえ。そのような人は」

「そうかい……」

どうやら振り出しに戻ってしまったらしい。軍兵衛は千吉と梅吉を見た。何か訊くことがあったら、尋ねるがいいぜ。

「政吉は死んじまったのか……」吉兵衛が力無く、目を閉じた。

「墓は、あるのかい？」

「光得《こうとく》さんに」

神田明神に程近い古刹《こさつ》光得寺にあるという。

「どうするね？　墓参りをしたら、由比に帰るかね」梅吉が訊いた。

「もうお江戸にいても仕方ありません」

「こんな時に何ですが、江戸見物はなさいました？」結が訊いた。

いいや。口には出さず、僅かに頭を振ることで吉兵衛が答えた。

「もしよかったら、明日お墓参りの後にでも、どこか案内させてもらえませんか。出来なかった親孝行の真似事《まねごと》をさせてもらえたら嬉《うれ》しいのですけれど」

「そうしてもらったらどうだ」軍兵衛が言った。

「いいのかい？」吉兵衛が、結に尋ねた。

「これもご縁というものですよ、ねえ旦那？」結の作ったような声が、明るく響いた。

「親父さんのこと、頼んだぜ」軍兵衛が言った。

「お任せ下さい」

「何かの時のために、一応住まいを教えておいてもらおうか」

堺町《さかいちょう》の《末広《すえひろ》長屋》だ、と結が言った。地借りの家や借家に住んでいるのではなく、長屋に住んでいることが、男っ気のない結の今の暮らしを語っていた。

軍兵衛は、《佐倉屋》を辞し、奉行所に戻ることにした。

政吉からの線を諦《あきら》めて、一から双七を探し出すしかなかった。

「旦那、あっしどもも」

梅吉が膝に手を当てた。

「そうかい。ご苦労だったな。助かったぜ」

軍兵衛は一分金を二枚、梅吉に握らせ、どこかで飲んで行くように、と言った。

五

竹之介の通う六浦自然流の道場は、《佐倉屋》のある高砂町と通りひとつ隔《へだ》てた住吉町にあった。

もし軍兵衛が、《佐倉屋》を辞した時、道場の前を通ろうとしたら、そこで思わぬ人物と出会うことになったのだが、そこが人の世のふしぎである。敢えて道筋を変えようとしなかったため、竹之介がその人物と出会うことになった。

竹之介は稽古着《けいこぎ》を詰めた袋を木刀の先からぶら下げ、道場を出たところで、見知らぬ浪人に呼び止められた。

「御門弟かな？」

「はい」

「遅くまで稽古をするのだな」

日は疾《と》うに中天を過ぎ、傾いていた。

「今日は長稽古の日なのです」

「そうであったか」浪人は、道場に目を遣ってから、尋ねた。「今の道場主は、波多野さんかな？」

「そうですが」

「私は昔道場に通わせてもらっていた者でな。久し振りに江戸に戻って来たので懐かしく見ていたのだ」

「波多野先生でしたら、風邪《かぜ》をこじらせて寝込んでおられたのですが、もう大分よくなられました。お会い出来ると存じますので、伺《うかが》って参りましょうか」

「いや、むさくるしいでな。もう少しまともな姿の時にお会いしよう」

遅れて飛び出して来た道場仲間が、「竹之介、またな」「明日」と声を掛けて行き過ぎて行った。

「竹之介殿と言われるのか。よい名だな。姓を訊いてもよいか」

「鷲津と申します」

「鷲津……軍兵衛というのがいたが」

「父です」父を知っているのなら、道場に通っていたというのは嘘ではない、と竹之介は思った。「父をご存じなのですか」

「町方《まちかた》であったな」

「はい」

「そうか、壮健か」

「大層」

「それはなによりだ」

「失礼ですが」

「私か。名乗る程の者ではないのだ」

「はあ……」

答えながら竹之介は、浪人の顔や首筋や手足を見てから顔に戻り、耳に目を留めた。

耳朶に目印となりそうな黒子《ほくろ》を見付けたのだ。

「そなたは利発《りはつ》な子のようだな」

「………」

「父上に尋ねようとして、私の特徴を探し、耳の黒子に気付いた。仕方ないか。名乗っておこう。彦崎基一郎だ」

「先生からお名を伺ったことがございます」竹之介の目が輝いた。

「実《まこと》か」

「先生よりお強かったと聞いております」

「だが、道場を追われた、とでも言うておったか」

「いいえ。先生が、稽古をするのはよいが、小さくまとまるなと仰《おっ》しゃり、先輩として彦崎さんの名を挙げ、型破りな剣を振るわれた。彦崎さんは先生にないものを沢山持っておられた。しかし、先生も彦崎さんにないものを持っておられた。人は様々なのだ。比べてはならぬ。己の速度で歩め、と」

「そうか……。立派な先生となられたのだな。今立ち合《お》うたら、私では勝てぬであろうな」

言い終えて彦崎は驚いた。どのような時にも、己が負けることなど考えたことも口にしたこともなく、この日まで生きて来ていた。

波多野の言葉と、あの軍兵衛の息子とは到底《とうてい》思えぬ竹之介の、衒《てら》いのない清々《すがすが》しさに打たれてしまったのだろうか。からかってみたくなった。

「どうだ、好いた娘はおるのか」

途端に竹之介は真《ま》っ赤《か》になった。が、きっぱりとした声で答えた。

「はい」

「はい、か。それはよいな。名は？」

「蕗と申します」

「よい名だな。どこを好いておる」

「……分かりません。上手く言えません」

「そうか」

「はい」

「よいか、どんな時でも味方でいてやれ。それが一番なのだ」

「はい」

「其の方も、立派な跡取りになれるぞ。足を止めさせて済まなかったな。軍兵衛の息に会えて嬉しかった。嘘ではない。本当だ」

「はい」

「ではな、達者でな」

「いつか、必ず道場に来て、教えて下さい」

「いつか、な」

「約束です」

「分かった」

彦崎は、懐に手を蔵《しま》うと、肩を竦めるようにして竈《へつつい》河岸《がし》の方へと歩き出した。

竹之介は、暫くの間彦崎の後ろ姿を見送ってから、組屋敷へ駆け戻った。

その日、軍兵衛は定刻に奉行所を出た。

帰宅した軍兵衛を待っていたのは、竹之介だった。話したいことがあるらしく、口の辺りをむずむずさせている。

のか。

聞き終えて、そうか、と軍兵衛は言った。あれから彦崎さんは、道場に行った

竹之介は蕗のことを抜かして、交わした言葉をすべて話した。

「彦崎さんにお会いいたしました」

「どうした？」

思いを隠し、竹之介は、と言った。

「俺より人が出来とるな。隠居するから代を替われ」

口にする言葉が見付からず、呆然《ぼうぜん》としている竹之介を見て、栄が大きな口を開けて笑った。よちよちと歩いていた鷹が驚いて、尻から畳に落ちた。

その翌々日の二十四日。

堺町の《末広長屋》で女が絞《し》め殺された。結であった。

第四章　伊蔵《いぞう》

一

一月二十四日。明け六ツ（午前六時）の鐘が鳴り終えたばかりの道を、慌ただしく走り来る足音があった。足音は、木戸門の前で止まった。木戸が軋《きし》み、次いで玄関口で大声を発している。

僅か百坪の組屋敷である。大声を出さなくとも、聞こえた。

鷲津軍兵衛は、顔を拭《ぬぐ》っていた手を止め、栄に新六を起こすよう言い付け、玄関に向かった。見覚えのある捕方《とりかた》が軍兵衛を見て、殺しでございますと言った。

捕方が、己一人の料簡《りょうけん》で臨時廻《りんじまわ》りの組屋敷に走ることはない。

「誰の命《めい》だ？」

「菅沼様でございます」

当番方与力《とうばんかたよりき》の菅沼宗太郎は、夜間の受付とともに、不意の出役《しゅつやく》も受け持っていた。

殺しに気付いた者が自身番《じしんばん》に走り、自身番の者が奉行所に駆け、菅沼らが出役する。多くの場合は、下手人が立ち竦《すく》んでいるとか、どこの誰だか面が割れているとかで、当番方で事足りたが、中には探索に時を要すると思われる場合もあった。そのような時には、当番方から臨時廻りに使いが飛ぶのである。

「どこだ？　殺しの場所は」

「堺町の《末広長屋》でございます」

耳にして間もない長屋の名であった。

「殺されたのは女か、男か」

「女でございます」

女、と聞いて軍兵衛の眉《まゆ》が微《かす》かに曇った。一昨日別れたばかりの結の姿が目に浮かんだ。

「名は、分かるか」

「そこまでは……」

「俺に知らせてくれたのは、お前の料簡か」

「いいえ、菅沼様が鷲津様にと」

臨時廻りの同心《どうしん》は六人いる。その中から、手隙《てすき》と思われる者を咄嗟《とっさ》に名指して、探索に当たらせなければならない。万が一にも、殺されたのが結であるならば、菅沼の勘は冴《さ》えていたことになる。

「待っていろ。直《す》ぐ行く」

座敷に戻った軍兵衛が、裏白の黒足袋《たび》を履こうとした時に、裏の小屋に寝泊まりしている新六が駆け込んで来た。

新六は軍兵衛の足許《あしもと》に屈《かが》むと、足袋の紐《ひも》を足首にぐるりと回した。同心の足袋は、手早く履いたり脱いだり出来るよう、小鉤《こはぜ》ではなく、黒紐で結ぶようになっていた。紐を結びながら、新六が訊《き》いた。

何があったんで？

「殺しだ。場所は」

新六が大仰《おおぎょう》に驚いて、顔を上げた。

「まだ分からねえが、いやな心持ちがする」

「そんな……」

「俺は先に行ってるから、千吉を連れて来てくれ」

千吉が女房の繁に任せている一膳飯屋《千なり》と堺町は、三町（約三百三十メートル）と離れていなかった。

「承知いたしやした」

新六が跳ねるようにして、玄関から飛び出して行った。鉄砲玉だな。思わず漏らした笑みを呑《の》み込み、

「行って来るぜ」

と栄と竹之介に告げ、軍兵衛も組屋敷を走り出た。

海賊橋を通って江戸橋を抜け、荒布橋《あらめばし》、親父橋《おやじ》と渡れば、堺町は直ぐそこだった。

親父橋を渡りながら南の道筋を見たが、千吉らが駆けて来る気配はなかった。

勝ったぜ。腹の中で呟《つぶや》きながら捕方に続いて《末広長屋》の木戸口に辿《たど》り着くと、既に新六が見物人を押し戻しているところだった。軍兵衛に気付いた新六が、

「やはり、結でございやした」と言った。

「そうか……」

「佐平が取上婆《とりあげばば》と医者を呼びに行っておりやす」

「千吉は中か」

「へい。こちらでございやす」

軍兵衛は道案内の捕方に礼を言い、新六の後から長屋の路地を奥に向かった。見張りに立っていた当番方の同心が、菅沼に声を掛けた。借店《かりだな》から菅沼が頭と手首だけ出し、軍兵衛を手招きした。

「何も触らせてはおらぬからな」

土間に踏み込んだ。裏長屋の大きさとしてはごく普通の九尺（約二・七メートル）二間《けん》（約三・六メートル）で、奥に障子《しょうじ》があった。板の間には筵《むしろ》が敷かれ、その上に結が仰向《あおむ》けに倒れていた。首筋に絞《し》め殺された痕《あと》がくっきりと付いているのが見えた。

菅沼の口添えがあったのか、捕方の手を借りて、亡骸《なきがら》の向きなどを詳細に記していた千吉が、手を止めて腰を屈めた。軍兵衛は、済ましちまってくれ、と言いながら、借店の中を見回し、土間に目を遣《や》った。塵《ちり》はなく、履物が爪先《つまさき》を揃《そろ》えて並べられていた。竈《かまど》を覗《のぞ》いた。灰の量が少なく、指の腹で押すと僅かに硬かった。煮炊《た》きはあまりしていないように思えた。寝るためだけの住まいなのかもしれない。

「この女を知っていると聞いたが」

菅沼が、千吉を目で指した。

「つい二日前に会ったばかりです」

「らしいな。茶屋で働いているにしては、金回りがよいのだな」

問い返そうとしているのを見抜いたのか、菅沼が亡骸の向こう側を指した。

「小判が散らばっていた。二十八両あった」

茶屋《ちゃや》の女が手にする金子《きんす》の額ではなかった。

「だから、臨時廻りを呼んだのだ」

「殺しだと気付いたのは？」

「隣に住んでいる春吉《はるきち》という棒手振《ぼてふり》だ」

「おりますか」

「いるはずだ。控えているように言ってあるでな」

「呼んで来てくれ」

軍兵衛が、当番方の同心に言った。そうするように、と菅沼が頷《うなず》いている。

隣の借店の戸が開き、腹がぽっこりと突き出た男が、へこへこと頭を下げながら同心に伴われて軍兵衛の前に進み出て来た。

「気付いた時のことを話してくれねえか」

「七ツ半（午前五時）の鐘がゴーンと鳴った頃でしたか、壁越しに金の音がしたかと思ったら、人がもつれて倒れるような音がしたんでさあ。どうした？　壁を叩《たた》くと、静かになりやしてね。こちとら、金がなくて困っているのに金の音がしたんで、癪《しゃく》に障《さわ》りやしてね、うるせえぞ、と怒鳴《どな》ったんでやすよ。そしたら、急に戸が開き、駆け出す足音がするじゃありやせんか。気になって、外に出て見たら、もう逃げた奴の姿は見えなかったんでやすが、戸の隙間《すきま》からお隣さんが死んでいるのが見えたんで、もう驚いちまって、大家さんちに駆け込んだって訳で」

「よく死んでいると分かったな」

「上向いたままぴくりとも動かねえし、あれは寝ている姿じゃありやせんや」

「見えたのか。真《ま》っ暗闇《くらやみ》じゃなかったのか」

「行灯《あんどん》が点《つ》いておりやしたので」

行灯を見た。ぼんやりと点いていた。油が尽きようとしているのだ。

「その逃げた奴だが、前の晩からいたとか、夜更《よふ》けに訪ねて来たとかは、分からねえかな」

「すいやせん。物音がするまで、ぐっすり眠っちまってて、まったく」

「それだけ分かれば十分だ。ありがとよ。よく気付いてくれたな」

春吉が、それが癖なのか、頭をへこへこと下げた。

「あの、あっしは、これから商いに出掛けても」

「構わねえが、その前に今言ったことを書き取らせてくれ。それに爪印《つめいん》を捺《お》してくれたら、出掛けてもいいぜ」

「それでは、後は任せるが、よいであろうな？」

菅沼が脇から与力らしい口調で言った。

「勿論《もちろん》ですが、ちょいとひとりだけ手を貸してもらいたいんですが」

「何であろう？」菅沼が、当番方の同心たちを見回してから訊いた。

「今の話を書き取って、爪印を捺させてもらいたいのですが」

「横橋《よこはし》」と菅沼が、一番前にいた同心に言った。「聞いていたな」

「はい」

聞き取りが済み次第、奉行所に戻るよう横橋に言い、菅沼は当番方の同心に引き上げの命を下した。歩き出そうとしたところで、千吉を手伝わせていた捕方を思い出したのだろう、不意に立ち止まると軍兵衛に訊いた。

「捕方だが、他にも残して行くか」

仕事に出掛ける前に見物を決め込んだ、物見高い奴どもが集まって来ていた。それらの人だかりを追い散らすのにも、人手は必要だった。

「承知した。使ってくれ」

他に忘れたことはなかったか、数瞬考えていたようだが、何も思い浮かばなかったらしく、菅沼は首の筋をコキコキと鳴らしながら長屋を後にした。

大家が慌てて木戸門まで見送っている。

「旦那《だんな》、終わりやした」

千吉が、筆を矢立に仕舞ってから言った。手伝っていた捕方が、青い顔をしている。

「ご苦労だったな」

軍兵衛が、声を掛けた。捕方が、逃げるようにして借店から出て行った。

軍兵衛は、捕方と入れ替わりに、借店に上がった。

口を開け、目を剝《む》いた結の亡骸《むご》が目の前にあった。首にぐるりと黒く太い絞め痕が付いていた。惨《むご》い死に顔だった。捕方の顔色が青くなるのも、無理はない。

死骸を見慣れている軍兵衛にしても、絞め殺された顔は気持ちのよいものではなかった。

尿がにおった。絞め殺される時に、失禁したのだろう。

首筋に触れた。まだ仄《ほの》かな温《ぬく》もりが感じられた。命の灯火《ともしび》が消えて、それ程時が経《た》っていないことが知れた。

「お待たせいたしやした」

佐平が取上婆と医師の杉本道庵《すぎもとどうあん》を連れて来た。道庵は、長谷川町の三光稲荷《さんこういなり》近くに住む外科の医師で、軍兵衛がその腕を信頼している連雀《れんじやく》町の医師・杉本敬《けい》順《じゆん》の実弟に当たった。

取上婆が、結の形相《ぎようそう》を見て、腰を引いた。軍兵衛は道庵に結の死に顔を見せてから目を閉じさせた。

「暗ければ、外に出るが、どうする?」

取上婆に訊いた。まだ六ツ半(午前七時)を告げる鐘が鳴っていない。

「行灯がもうひとつあれば、間に合うかと存じますが」

結の借店の行灯に油を足し、大家の住まいから行灯を借り、道庵と大家の立ち会いで、結の身体《からだ》を調べた。腹に子はなく、情交の形跡もなく、刺し傷や斬《き》り傷の類《たぐい》もなかった。

「勒死《ろくし》に相違ありませんな」

道庵が言った。勒死は絞殺を意味した。殺されたのは、約一刻《いっとき》（二時間）前。

「七ツ半頃でしょう」

刻限は、殺しに気付いた春吉の話と一致した。

（その時まで、結は何をしていたのか）

軍兵衛は立ち上がって、枕 屏風《まくらびょうぶ》の向こう側に片付けられている夜具に手を差し込んだ。冷え切っていた。

昨夜結は、眠らなかったのだろうか。

朝まで出掛けており、戻ったところなのか。

長屋の木戸は、明け六ツに開き、暮れ六ツ（午後六時）に閉まる。大家に木戸番をしていた者が誰かを訊いた。長屋の場合、大家か当番の者が木戸の開け閉めをする。

「実は……」

大家が言うには、当番を置くのも、自身がやるのも面倒なので、鍵《かぎ》は、通る者がひとりで取り外せる手軽なものにしてあったのだった。

「するってえと、朝帰りかどうか分からねえって訳かい？」

千吉が、訊いた。

「申し訳ございません」

「佐平を、この辺り一帯の町木戸に走らせてくれ。番太郎に訊けば、結が朝通ったかどうか分かるだろう。それとな、七ツ半を回った頃、誰か男が通らなかったかも訊くように言ってくれ」

「新六にも、手伝わせやしょう。その方が」

「いや、新六には吉兵衛を呼んで来てもらいてえ」

「あのとっつぁんでございやすか」

「小判の出所《でどころ》を知りてえんだよ」

昨日結は、由比宿の吉兵衛と江戸見物に出掛けたはずだった。その吉兵衛は、倅《せがれ》のためにまとまった金子を用意していた。落ちていた二十八両が、その一部であったとすれば、説明は付く。

「旦那はまさか、あのとっつぁんが殺《や》った、とでも」

「それはねえと思うが、一応訊くだけ訊いてみねえとな」

道庵先生、と軍兵衛が声を掛けた。年は六十二歳。五日前には旅の疲れでぶっ倒れた爺《じい》さんなんだが、この女を殺せただろうか。

「まず老人の仕業《しわざ》ではありませんな。これだけ黒々と痕が残るのですから凄《すご》い力です。手の大きさからして、もっと若い男の仕業でしょうな」

そう言って道庵は、結の首筋の痕に沿って手で首を絞める真似《まね》をして見せた。

道庵の細い指の間から痕がはみ出して見えた。

「俺もそう思う。だから、そのもちっと若い奴が、七ツ半にここにいたってことだ」

軍兵衛は千吉に、新六と佐平を走らせるように命じてから、道庵と取上婆に礼を言い、戸口まで見送った。

千吉が結の死体に着物を掛け、枕屏風で隠している。

軍兵衛は頰《ほお》に手を当てた。髭《ひげ》がざらりと鳴った。今朝は髪結《かみゆ》いが来るより先に組屋敷を出ていたことを思い出した。

長い一日になりそうだ、と軍兵衛は東の空を見上げながら思った。

二

朝五ツ（午前八時）を回って暫《しばら》くして、新六が吉兵衛を連れて《末広長屋》に

た。

捕方を見てから明らかに落ち着きがなくなった、と新六が軍兵衛に耳打ちし
「宿の者に訊いたのですが、昨夜は宿に戻らず、朝方、七ツ半近くになって帰って来たそうでございやす」

杉本道庵の言葉や、隣の春吉の話によると殺されたのは七ツ半頃だった。計ったように、その頃に宿へ帰っているのが気に入らなかった。

「昨夜のことだが、どこにいた？」

「はい……」

「結と江戸見物して、いつ別れた？　その後、とっつぁんひとりで何をしていた？　正直に答えねえと、こっちにも考えがある。いつまでも仏顔はしちゃいねえぞ」

「その前にお尋ねいたしたいのでございますが、お結さんが殺されたというのは実《まこと》でございましょうか」

寝が足りていないのだろう、浮腫《むく》んだような腫《は》れぼったい顔が波打っている。

軍兵衛は千吉に枕屏風をどけるように言った。

人の形に着物が盛り上がっている。

「近くに寄ってみな」

吉兵衛は畳に上がると、膝《ひざ》を送るようにして、近付いた。

千吉が結の顔に掛けた着物を取った。

目は閉じているが、口をぽっかりと開けたままの結が露《あらわ》になった。

途端《とたん》に吉兵衛は二尺程飛び退《の》き、震えた。

「殺されたのは、今朝の七ツ半頃だ。とっつぁんが、宿に帰った頃だ。それまで、どこで何をしていたのか話しちゃくれねえか」

「ここに。いいえ、この借店ではありませんが、この長屋におりました」

吉兵衛は性急に言った。

「どういうことだ？」

軍兵衛が詰め寄った。

「実は、向かいの空き店《だな》に潜《もぐ》り込んで、お結さんを見張っていたのです」

「何で？」

「お結さんの人となりは、昨日で分かりました。そこで」

もし今男がいないのなら、倅のためにと持って来た金子で、何か小さな商売でも始めてもらいたかった。

そのために、女の身持ちを調べようと、見張っていたのだ、と吉兵衛が言った。

「そんな寝言を信じるとでも、思っているのか」

怒鳴り声を上げた千吉を制して、軍兵衛が訊いた。

「向かいが空き店だと、どうして知っていた？」

「お結さんから聞いたのです」

「そこで、いつまで見張っていたんだ」

「七ツ（午前四時）頃まででした」

「普通は明かりが消えたところで止《や》めるもんだが」と言い掛けて、朝まで明かりが灯《とも》っていたことに気付いた。「結の借店の行灯は、ずっと点いていたんだな」

「ですから、誰か来るに相違ないと思ったのでございます」

「夜具は敷いていなかったんだから、待っていたとも考えられるな。それで」

「寒かったので、酒を飲んで見張っていたら、とろとろと眠ってしまい、あまりの寒さで目が覚めたんです。その時に七ツの鐘が鳴ったので、よく覚えております」

「その時も、明かりは点いていた」

「はい。今夜は寝ないつもりなのか、とも思ったのですが、ともかく身体が冷えてしまって、いたたまれなくなりまして」

「その後は、真っ直ぐ宿に向かったんだな」

「はい」

「長屋を出る時だが、誰か見掛けなかったか」

「いいえ、誰も」

「ここに二十八両あったが、いくらやったんだ？」

「まだ渡しておりません。どうするか決めるために見張っていたのですから」

「するってえと、結の金なのか」

「どうして、あんなに持っていたんだ？」千吉が首を捻《ひね》った。つましくすれば子供を抱えた夫婦が、向こう十年は暮らしていける金子の額だった。

考えられるのは、客を出合《であい》茶屋などに誘って相手をし、その報酬として得ていたということだった。だが、それを貯《た》め込んだとしても、金があり過ぎた。

一昨日、訪ねた時の結の表情を軍兵衛は思い出した。一瞬顔が強《こわ》ばった。

あれはどうしてだったのか、と考えた。臨時廻りとしての長年の勘だった。探そう。何かあるはずだ。
叩《たた》けばほこりが出てくる身体なのだ。臨時廻りとしての長年の勘だった。探そう。何かあるはずだ。

その前に、結の亡骸を始末しなければならなかった。ここにあっては、床を調べることも出来ない。

軍兵衛は大家を呼び、心積もりの寺がないのならば、深川の寺に運ぶ旨《むね》を告げた。引き取り手のいない仏が出た時に、奉行所が埋葬のために使う寺だった。

「差し出がましいようですが」吉兵衛だった。「これも何かの縁でございます」

倅《せがれ》の眠る光得寺に、ともに葬る訳にはいかないか、という申し出だった。断る理由《いわれ》はなかった。

舟を使い、浜町堀を下って三ツ俣に出、後は中洲を通り、大川を遡《さかのぼ》り、神田川に入れば、政吉の眠る光得寺は直ぐだった。

捕方のひとりを早桶屋《はやおけ》に走らせ、運ばれて来たそれに結を納め、取り敢えず吉兵衛に捕方をふたり付けて寺へと運ばせることにした。大家と長屋にいた店子《たなこ》らが河岸まで野辺の送りに行っている。その間に、

「探すぜ」

軍兵衛が千吉と新六に指図し、借店の中を改めようとした時、佐平が戻って来た。

「どうした？　ばかに手間取ったじゃねえか」

千吉に応《こた》えて佐平が、木戸番を十四も回ったのだと言った。

「そんなにか」

細い路地を抜けると、思わぬ遠くまで行けるものなんで、と佐平が言った。

「大通りだけじゃなく、路地伝いに逃げたと考えたら、玄冶店《げんやだな》なんか道幅三尺（約九十センチ）でやすからね。あそこを通って浜町堀まで出たとも考えたんでございやす」

「それで、結の姿を見た者は」

「ございやせんでした」

「男の姿は」

「早立ちの旅人がひとり、こいつの身許は分かっておりやす。それと、宿に帰るという酔った爺さんがひとり」

「吉兵衛だ」千吉が言った。

「へ？」佐平は目を白黒させた。

「後で話す。他には」

「河岸に行く魚屋がふたり。このふたりの身許も分かっておりやす」

「つまりは不審な者は通らなかったんだな」

「へい」

「ご苦労だったな」

軍兵衛は、これまでの経過を手短《てみじか》に話し、家探しを始めるところなのだ、と言った。

「長屋の連中が出払っている間に、四人でやっちまおう」

土間を千吉が、床を佐平が、神棚や行李《こうり》などを新六が調べた。軍兵衛はそれらを見回しながら、二十八両が何の金子なのか、考えていた。

隅から隅まで探したが、怪しげなものは何もなかった。

「俺も焼きが回ったようだな……」

「旦那に限って、それはねえでござんすよ」

千吉が新六と佐平に、見落としがなかったか、調べたところを指さしながら言うように命じた。

「まずは俺からだ」

　千吉は土間の前に立つと、水瓶《みずがめ》、流し、竈、灰の中、薪、漬物樽《だる》、鍋《なべ》、米櫃《こめびつ》、醬油徳利《しょうゆどくり》とひとつひとつを指さした。見落としているところはなかった。

「次は、床だ。佐平」

「へい」佐平が、莚の下、火鉢の灰の中、行灯、蓋《ふた》の付いた物入れ、壁に貼《は》られた紙の裏側を順々に指さした。

「新六、手前の番だ」

「神棚、行李の中、夜具、箱枕。皆、調べやした」

「枕屛風は、調べなかったのか」軍兵衛が訊いた。

「おかしなところがなかったもので……」新六が答えた。

「あっしも」と佐平が言った。「薄い貼り紙でしたので、下には何もねえと」

　四人の目が枕屛風に集まった。何の変哲もないものだった。

　軍兵衛が佐平に、枕屛風を動かすように言った。佐平がひょいと上枠を持って、さてどこに置こうかと迷っている。

「そのまま動くなよ」佐平に命じてから、千吉に言った。「大概は、そこを持つよな。そうじゃなければ真横二か所だ。それなのに手垢《てあか》の付いてる場所が変じゃねえか」

縦枠の上下の隅が汚れていた。

「普通、そこは持たねえだろう」

「調べやしょう」

千吉が枕屏風を引き寄せ、隅の縦枠を横に引いた。嵌《は》め込みになっていた枠が外れ、表と裏の屏風に隙間があるのが分かった。千吉が懸命に覗き込んだ。

「何かありやすね」

軍兵衛が小柄《こづか》を抜いて、千吉に渡した。千吉が隙間に小柄を差し込んだ。紙が見えた。千吉は小柄の先を着物の裏地で拭ってから軍兵衛に返すと、紙片をそろそろと引き出した。細々とした女文字が並んでいた。

「旦那」千吉が、軍兵衛の顔を見ながら手渡した。

軍兵衛は素早く目を通すと、声に出して読み出した。

「三カワ町水アブラ問屋テンマや　ばんとうトキエ門　月のしまひの五のヒ　主のはこマクラの中
やなぎ原イワイ町カミ問屋オガワヤ　手代コウベエ　土ゾウのゆか板の下にかめ

カメイ町下りカサ問屋ウメ田屋　大ばんとう双えもん　主のざしき　ちがいダナのオクにカクシ戸

それぞれに、見取り図らしきものもありやがるぜ」

「どうやって、聞き出したんでしょう？」新六が千吉に訊いた。

「結は、どこで働いていた」千吉が言った。「番頭や大番頭の名が記されていたが、それが秘密を漏らした奴らだとすると、客種が一致するだろうが」

「まずは千吉の読んだ通りだろうが、問題はここからだ」

「と、仰《おっ》しゃいやすと？」千吉が訊いた。

「恐らく、結は蔵の鍵の隠し場所や集められた金が蔵に収められる日を聞き出し、盗賊どもに売っていたんだ。その見返りが分不相応《ぶんふそうおう》な金子の正体だ。それを昨夜というか今朝、買いに来た者がいた。布団が敷かれていなかったのだから、結は寝ずに待っていたんだろうよ。ところが、売り買いの交渉の時、訳は分からねえが揉《も》めちまい、結が殺された。そして、この紙っぺらがここにあるってことはだ、またこれを盗もうと誰かがここに来るってことだ」

「殺してから家探ししようとしたら、隣の者に気付かれたので、探す間もなく逃げ出したって訳でございやすね」千吉が言った。

「そういうこった」

軍兵衛は矢立と懐紙を取り出すと、手早く書き写し、枕屏風に隠し直すよう新六と佐平に渡した。

ふたりの手の動きを見ながら、千吉を含めた三人に、

「今夜から」と軍兵衛が言った。「向かいの空き店に泊まり込んで見張るぞ」

「あっしらの正体は、長屋の連中にばれちまってやすが、大丈夫で」千吉が訊いた。

「岡《おか》っ引《ぴき》が見張っていると分かったら、来ませんぜ」新六が言った。

「俺たちもこっそりと見張るが、表向きの借り主は他所《よそ》から連れて来るから心配するな」

「それは、誰を？」佐平が訊いた。

「源三《げんぞう》だ」

源三は、軍兵衛の剣友・妹尾周次郎《せのおしゆうじろう》の屋敷に仕《つか》える齢《よわい》六十を過ぎた中間《ちゆうげん》で、かつて捕物を手伝ってもらったことがあった。その時、源三と組んだのは、佐平だった。

木戸口の方から話し声が聞こえて来た。長屋の衆が野辺の送りを済ませて戻って来たらしい。

軍兵衛は大家を呼び、結について何か耳に挟んだことはないか、と訊いた。

「どうやら朝方通って来た情夫《まぶ》に殺されたって筋書のように思えるんだが、裏を取りたいんでな。何か知らねえかい」

「旦那、ございますでございますよ」

大家が、声を潜めた。軍兵衛の目を見て、隠していた訳ではございません。私も今聞いたところなので、と言って、長屋の奥に住んでいる歯磨き売りの者が、結が出合茶屋から出て来るところを二度も見ているのだと続けた。

「その歯磨き売りは、まだいるのか」

商売に出掛けるところらしい。

「直ぐ呼んでくれ」

軍兵衛の脇に千吉が寄って来た。

「旦那」千吉が目で尋ねた。

「結がどこで種を仕入れたか、これで分かるかもしれねえな」

大家の後ろから男が付いて来た。尻《しり》っ端折《ぱしょ》っていた格子縞《こうしじま》の裾《すそ》を下ろしている。

「鶴松《つるまつ》でございます」大家が男の背に回り、軍兵衛に言った。

「済まねえな。商売の邪魔をする気はねえんだが、ちいと教えてくれねえか」

軍兵衛は、漬物樽に腰を下ろすと、掛けるように勧めながら言った。千吉は、一緒になって鶴松の話を聞こうとしている大家を、新六と佐平に相手をさせて引き離し、自身は鶴松の脇に立った。

「何だってな」と軍兵衛が、改めて鶴松に言った。「お前さん、結が出合茶屋から出て来るところを見掛けたって聞いたんだが、そのことについて詳しく話しちやくれねえか」

大家が遠退《とおの》いたので、一瞬不安そうな顔をしていたが、噂話《うわさばなし》をするのが好きな質《たち》なのだろう、鶴松は樽に腰を下ろすと身振り手振りを交《まじ》えて話し始めた。

見掛けたのは、昨年の春頃と秋口の二度で、

「驚いたことに、相手の男は別人だったのでございますよ」

一旦《いったん》話し始めると、鶴松の舌は滑らかだった。ともにどこかの大店《おおだな》の主《あるじ》か番頭という風体だったが、明らかに違う男である。春のは太り肉《じし》、秋のは痩《や》せて髪が薄かった。男たちは世間を憚《はばか》ってか、目を伏せるようにしてそそくさと茶屋の中

に入って行ったが、いかにも懐具合が良さそうだった。

「大助かりだぜ。よく覚えていたな。だがな、顔付きは分かったが、お前さん肝心なことを言い忘れているぜ。見たのは、どこなんだ？」

「《花仙《かせん》》ってご存じでしょうか」

「池之端《いけのはた》のか」

「流石《さすが》、八丁堀の旦那だ。あの《花仙》でございやす」

昨年の五月に殺されたノスリの市兵衛が、房事《ぼうじ》を愉《たの》しんだ男女の後を尾《つ》けて身許を調べ、強請《ゆす》るのに使った出合茶屋のひとつだった。市兵衛は、狙《ねら》いを付けた獲物について克明に記した書き付けを箪笥《たんす》の下に隠していた。

その書き付けは、例繰方《れいくりかた》の書庫に眠っている。

「ありがとよ。役に立ったぜ。また何か思い出したら、知らせてくれ」

鶴松を帰し、代わりに大家を呼んだ。

「まだ確たる証《あかし》はねえが、粗方《あらかた》見当は付いた。さっき話したように、情夫に殺されたのに間違いねえな。だから、もうここには誰も来ねえ。とは言っても、暫くの間結の借店は空けてもらうが、他の空き店は勝手にしてくれ」

大家が、ほっ、と息を吐いて頷いた。

捕方をふたり、夕七ツ（午後四時）の鐘が鳴るまで見張りに立たせ、軍兵衛らは《末広長屋》を後にした。

「新六に佐平、済まねえが、走ってくれるか」長屋を出ると、直ぐに軍兵衛が言った。

「どこへでしょう？」ふたりが声を重ねた。

「新六は春仙先生を連れて光得寺に行き、結の似絵を描いてもらってくれ。佐平は、先に光得寺に行き、春仙先生が来るから、と知らせておくんだ。それから吉兵衛に、由比に戻る時には、知らせるように言っておいてくれ。後で何か美味《うま》いものを食わせるからな、急いで頼むぜ。俺たちは、ここの自身番に寄ってから奉行所に戻っている」

「任せておくんなさい」

新六と佐平の背が、右と左に瞬く間に見えなくなった。

「自身番でございやすか」

「《末広長屋》の家主《いえぬし》に話を通しておかねえとな。何しろ殺しのあった当夜からの新入りだからな」

「ですが旦那、まだ源三さんの、いいえ、妹尾様のご承諾をいただいてはいねえんじゃねえですか」

「心配するな。源三は受ける。妹尾も承諾する」

「だと、よろしいんでございやすが」

「奴らじゃねえが、任せておくんなせえ、だ」

三

奉行所の玄関脇にある当番方の詰所を覗いたが、菅沼宗太郎の姿はなかった。昼の者と交代して組屋敷に戻り、今頃は太平楽な顔をして眠っているのだろう。気を取り直して年番方の詰所に行こうとして、昼四ツ（午前十時）前であることに気が付いた。与力の連中は、まだ奉行所に来てもいない刻限だった。

（俺は何とよく働くのだ。ご褒美ものだな）

呟きながら例繰方の詰所に顔を出した。

一同が顔を上げた中で、ひとりだけ顔を伏せ、俄《にわか》に筆を走らせ始めた者がいた。宮脇信左衛門だった。

「そう邪慳《じゃけん》にするなよ。難しい頼みじゃねえんだから」

「でも、頼みには違いないのですよね」

「そうだ」

「仕方ありませんね」

筆を置いた宮脇が、軍兵衛と向かい合った途端、

「申し訳ありませんでした」と言って、反古紙《ほごし》を引き寄せ、筆を手にした。「何でも申し付けて下さい。何を調べればよいのですか」

「どうしたんだ、突然？」

「もしや御用繁多《はんた》で、昨夜から寝ておられぬのでは？」

「いいや、寝たぞ。今朝はちと早起きしたが、寝は足りている」

「すると」と言って、宮脇が軍兵衛の頭を見た。「どうして月代《さかやき》が伸びているのです？」

今朝は髪結いが来る前に組屋敷を出ていたことを思い出し、軍兵衛はこれまでの経緯を宮脇に話した。

「だから、ノスリの市兵衛が隠していた書き付けを見たいんだ。出してくれるだろうな」

「直ぐ探してお持ちしますが、お待ちになっている間に剃刀《かみそり》を当ててもらったら

いかがですか」

「どこかに髪結いが来ているのか」

「隠密廻りの詰所近くで見掛けましたが」

定廻《じょうまわ》り、臨時廻りと並んで三廻りと呼ばれている隠密廻りは、町屋の者や医者を始めとして博徒《ばくと》から僧侶《そうりよ》まで何にでも変装して調べを行なうので、奉行所に髪結いを呼ぶことがしばしばあった。姿を変えて、大名屋敷に潜り込めば香具師《やし》の子分にもなるという役目柄、髪結いの人選には殊《こと》の外《ほか》厳しかった。代々奉行所の御用を務め、身許がしっかりしている口の堅い者でなければ使わなかった。

「手伝わずに、そうさせてもらってもよいのか」

「はい。私にだって虫の居所のよい時もあります」

早速隠密廻りの詰所に出向くと、入り口の脇で同心の武智要三郎《たけちようざぶろう》が小銀杏《こいちよう》を解いて町人髷《まげ》に結い直しているところだった。

「済まねえが、次に頼めるかな」

「手前はよろしゅうございますが」髪結いが答えた。

「構わぬが、度々《たびたび》では困る」武智が目を瞑《つぶ》ったまま言った。

「心配するな。そうは来ねえ」

隠密廻りには偏屈《へんくつ》が多かった。元々偏屈なのもいるのだろうが、直属の与力はなく、町奉行直属の同心として、仲間意識を捨てて動いているうちに身に付けてしまうのだろう、と軍兵衛は思っている。だが、同心数僅か二名であるのにも拘わらず、詰所として一部屋与えられるだけの御用をこなすのは並大抵の働きではないはずだった。

隠密廻りは、定廻りや臨時廻り上がりの者は面が割れ過ぎているのでなれなかった。それ以外の御役の者の中から、度胸が据わり、器用でいて、機転の利く者が年番方の推挙によって選ばれ、御役に就《つ》いた。就いた後は、年番方の手から離れ、町奉行直属になるのである。

偏屈になるしかあるめえよ。軍兵衛が下した結論だった。

「今日は、どうしたのだ？」と武智が重い口を開いた。

殺しのために早朝から出張っていたのだ、と答えた。

夜目は利くのか、と武智が言った。何を訊かれたのか一瞬分からなかったが、闇夜《やみよ》に烏《からす》を探す訳ではないから、ほどほどに見えればよいのだ、と答えると、俺は見えるのだ、と武智が胸を張った。

「十間（約十八メートル）先の着物の柄が、分かる」

そいつはよかったな、と答えてやると、それ以上口を利こうとはしなかった。武智の髷が結い上がり、軍兵衛の番になった。肩に手拭が掛けられ、元結がぶっつりと切られた。

武智が煙草盆《タバコ》を引き寄せている。煙管《キセル》に刻《きざ》みを詰めると、火を点けて、煙を吐き出した。よい香りがした。

「高そうなのだな。贅沢《ぜいたく》してるじゃねえか」

武智が軍兵衛を見詰めた時、足音が詰所の前で止まった。

「ほう」と言う声がした。「珍客ではないか」

内与力の三枝幹之進《さいぐさみきのしん》だった。逃げ場がなかった。来るのではなかったと思ったが遅かった。

内与力は、町奉行職に就任した大身《たいしん》旗本が家臣の中から選んだ私設の秘書で、用人《ようにん》のような役割をした。私設の秘書ゆえ、他の与力が町奉行が交代しようと与力の座にあるのに対して、主人が職を離れると自《みずか》らも与力職を辞し、元の家臣に戻る。

この三枝を軍兵衛は毛嫌いしていた。訳などなかったが、人を小馬鹿にしているような、鼻の脇に出来る深い皺《しわ》が、特に癇《かん》に障った。しかし、己の感情を抑える気はなかった。生きている間には、ひとりくらいそんなのに出っ会《くわ》すものだと思っていた。

「御奉行がお呼びだ」と三枝が、武智に言った。「直ぐ来てくれとのことだ」

煙管を灰吹きに叩き付ける音がして、武智が部屋を出て行った。代わりに、三枝が残った。

三枝は煙草のにおいが嫌いなのか、さかんに手を振って、煙を避けながら、

「忙しそうだな」と言った。

「……いつものことです」

「殺しがあったと聞いたが」

煙草盆を遠ざけ、他にもにおいの元になるものはないかと探している。

「おかしいですな。これ程早く知っているのは、下手人だけのはずですが」

「…………」

三枝が身体の動きを止め、軍兵衛を見詰めた。軍兵衛も見詰め返しているところに、廊下から宮脇信左衛門の声がした。

「鷲津さんは、こちらでしょうか」

「ここだ」

「失礼いたします……」

　三枝に気付いたのだろう。宮脇は慌てて敷居際で膝を突き、平伏した。

「どうした？」軍兵衛が訊いた。

「鷲津さんが見込まれた通り、なかなか興味深いものが出て参りました。急いで書庫までお願いいたします」

「分かった」

「済まぬが」と宮脇が、髪結いに言った。「剃刀《かみそり》を当てずともよい。急ぎ終えてくれぬか」

「いかがいたしましょうか」髪結いが軍兵衛に訊いた。

「お務めが第一。ここまでで十分だ」

「承知いたしました。直ぐに終わらせます」

　髪結いは元結をきつく結び直して髷を整え、肩に掛けた手拭を取り払った。

「ありがとよ」

　軍兵衛は即座に立ち上がり、廊下に飛び出した。宮脇も続いた。

「何が出て来た？」

「存じません」宮脇は長閑《のどか》な顔をして答えた。

「今言っただろう。興味深いものがと」

「私は書き付けを出せと言われただけで、中は見ておりませんので」

「そうか。あいつが、いたからか」軍兵衛が腹のところで、後ろを指さした。詰所から出られるよう、咄嗟《とっさ》に嘘を吐いてくれたのか。助かったぜ。

「ひとつ、貸しですよ」

宮脇が、楽しそうに先に立った。

新六と佐平が戻るのを待って腹拵《はらごしら》えを済ませた軍兵衛らは、不忍池《しのばずのいけ》のほとりにある出合茶屋《花仙》を訪れた。

案内を乞うと、主がゆったりとした足取りで現われた。余裕があるのか、速くは歩けないのか。八丁堀を嘗《な》めているような足の運びが気に入らなかった。

軍兵衛は懐から結の似絵を取り出し、主の鼻っ先に突き付けた。

「この女に覚えはねえかい。名は結と言うんだが」

「さて、いろんな御方がお見えになりますので」

「ここを使ったことは間違いねえんだ。出て来るところを見た者がいる」

「そのように仰しゃられても、手前どもはなるべく顔は見ないようにいたしておりますので」

「俺が幾つに見える？」

「はっ？」主が目を泳がせ、千吉を、新六を、佐平を見、視線を軍兵衛に戻した。

「二十か、三十か、四十か。残念だが、そんな可愛《かわい》い歳は、疾《と》うに過ぎちまったのよ。面《つら》を見ないで手前《てめえ》どもの商売が成り立つか成り立たねえか、知らねえとでも思っているのか」

「こちらでは、何ですので、どうぞお上がり下さいまし」

玄関先で大声を出されたのでは敵《かな》わぬと思ったのだろう、主が奥の帳場に誘った。

「声がでけえのは生まれつきだ。いいか、手前どもは目を合わせないようにしているつもりかもしれねえが、その実しっかりと初めての客かどうか、上客か否かを見定めていることくらい、餓鬼《がき》だって知ってることだ」

「かもしれませんが、本当に何も覚えがないんでございます」

「分かった。そこまで言うなら、手前には訊かねえ」

「本当に、本当に見たこともないのです」

「分かったって言ったはずだぜ。女将《おかみ》だ、仲居だ、と間怠《まだる》っこいことも言わねえ。だがな、毎日ここにやって来て、客を取っ捕まえては、こんな女を見なかったか、と訊いてくれるからな。邪魔したな」

「お待ち下さい」

「待ったらどうするんだ？」

「あの、あれ、でございます」

「何を言ってるのか、分からねえ」

「……言います」

「何だ、聞こえねえぞ」

「申し上げます」

「いいか。今度、四の五の吐《ぬ》かしやがると、ノスリの市兵衛って悪《わる》が、ここに出入りしていた客のことを克明に記した書き付けを瓦版《かわらばん》に流してやる。そうなってみろ、二度と客は寄り付かねえぞ。腹ァ括《くく》って答えろ」

「そんな者がいたのですか」

「いたんだよ。お蔭で、客の多くが強請られていたんだ」

「知りませんでした」

「知らなければいいってもんじゃねえんだ。で、結って女だが、見覚えがあるんだな」

軍兵衛は、もう一度似絵を主に突き付けた。

「はい。ございます……」

「よし、いい答えだ。それで、誰と一緒だった?」

「申し上げなければならないのでしょうか」

「手前、俺が今までどういう話をしていたのか、聞いていなかったのか」

「言いますです」

神田佐久間町《さくまちょう》二丁目の薬種問屋《美作屋《みまさかや》》の番頭・彦右衛門《ひこえもん》、品川町《しながわちょう》の菱垣廻船《ひがきかいせん》問屋《和島屋《わじまや》》の主・七郎右衛門《しちろうえもん》。

《花仙》の主が覚えていたのは、このふたりだけだった。

二軒とも、結が《佐倉屋》に移ったこの三年足らずの間に夜盗に襲われており、《美作屋》の番頭も《和島屋》の主も殺されていた。

間違いなかった。結は、夜盗に鍵の隠し場所など、大店の秘密を売り付ける［零し屋《こぼしや》］の仕事をしていたのだ。

例繰方が書庫に保管していたノスリの市兵衛の書き付けにも、これまでに襲われた大店の名が何軒か出て来ていた。出合茶屋で男と密会していた女の中には、結のような目的で男をたらしこんだ者もいたのだろう。同様の商いをしている女は他にもいるに違いなかった。

「役に立ったぜ。どうだ、気持ちがいいだろう」

「……はい」

「俺たちがいなくなったら塩を撒《ま》くつもりだろうが、俺たちはなめくじじゃねえんだ。そんなことをしてみろ。何度でも来てやるからな」

「いたしませんでございます」

「俺は素直な質《たち》なんだ。信じるぜ」

耳がよければ、主の奴が歯軋《はぎし》りする音が聞こえただろう。それでいい。嘗められてちゃ御用は務まらねえ。

《花仙》の檜皮葺《ひわだぶき》門を出たところへ、丁度駕籠《かご》が着いた。八丁堀の姿に気付いた客が、急いで駕籠舁《か》きに耳打ちし、覆いを下ろした。駕籠は、客を降ろさずにまた走り去って行った。

「あら」と新六が言った。「今日は止めにしたってことですかね」

「あっちの道は、しつこいもんだ」千吉が言った。「近くを一周回って戻って来るだけよ」

「悟れねえもんですね」佐平が、小さくなった駕籠を見送っている。

「人が皆悟っちまったら、世の中は面白くも何ともないぜ」

《末広長屋》の結の借店に賊が忍び込むとしても、夜更けてからになるだろう。まだ日は高かったが、いつまでも明るい訳ではない。暗くなる前に、源三を長屋に送り込まなければならなかった。

軍兵衛は、千吉に妹尾周次郎の名を告げた。

「俺は、あいつの屋敷から奉行所に回る。今夜からはおちおち寝てられねえんだから、三人とも今のうちに休んでおいてくれ。そして起きたら、源三が入り用のものを揃えておいてくれ」

軍兵衛は一朱金を千吉に渡し、夜具なんぞ忘れても構わねえが、酒と肴《さかな》だけは忘れねえようにな、と言い添えた。

四

妹尾周次郎の屋敷は、四ッ谷《よや》御門の南西《ひつじさる》、通称龍谷寺《りゅうこくじ》通りに入る手前にあった。妹尾家の家禄《かろく》は二百六十石。腰物奉行配下の腰物方に属していた。腰物方は、将軍の佩刀《はいとう》など刀剣の管理をする御役目だった。

長屋門を潜り、玄関に進み、案内を乞《こ》うた。顔馴染《かおなじ》みの家人《けにん》が現われた。周次郎がいるか、尋ねた。上手い具合に非番であった。

「手間は取らせぬ。会えるかどうか訊いてくれぬか」

一旦奥に消えた家人が、間もなく戻って来た。

「お通り下さい、とのことでございます」

軍兵衛は家人に従って奥に向かった。周次郎は、奥の座敷にいた。軍兵衛を見ると、手で前に座るよう示しながら言った。

「今日はまた、どうしたのだ？」

「ちいと頼みがあってな」

「こっちか」

周次郎が太刀を握るような格好をした。

「それもあるが、また源三を借りたいのだ」

「目を離すと酒を飲んでしまうぞ」

「だから、だ」

「時折、お前が分からなくなる」

「案ずるな。俺には分かっている」

「当人を呼ぶから、訊いてみろ」

家人に、源三を呼ぶように申し付けた。程無くして源三が庭先に現われた。取って付けたように箒《ほうき》を手にしているところが、いかにも源三らしい。

「上がれ」と周次郎が言った。

軍兵衛に気付いた源三は、喜びを隠そうとしているのか、難しげな顔をして頭を下げ、板廊下にかしこまった。

「お前の力を借りたいそうだ」

「今度は、どのような御用でございましょうか。前のように飲んでいればよいと言うのなら、ありがたいのでございますが」

「そう固くならずに、ざっくばらんで行こうぜ」軍兵衛が言った。

「ありがてえ……」答えてから、僅かに首を竦めた。

「長屋に詰めておればよいのだ。昼はぼんやりしていて、夜は酒を飲んで眠る。それだけだ」

「飲むだけ、でやすか」

「そうだ。べろべろになっても構わんぞ」

「あっしにぴったりじゃねえですか」

「だから、話を持って来たのだ」

「お受けしてもよろしいのでございましょうか」源三が周次郎に尋ねた。周次郎が頷いて見せた。

「お受けいたしやす。御用の御役に立てるのなら、立派に飲んでご覧に入れやす」

「決まったな。いつからだ?」周次郎が軍兵衛に訊いた。

「急だが、これからでもいいか」

「構わぬが、何せ年だからな、酒はほどほどに頼むぞ」

「そうしよう」

恨《うら》めしげな顔をしている源三に、

「仕度《したく》をして」と軍兵衛が言った。「表で待っていてくれ。詳しい話は歩きながらする」

源三は庭に下りると、跳ねるような足取りで裏へと回って行った。箒が残されている。

「舞い上がりおって、忘れてしもうたわ」

周次郎は笑顔を見せたが、直ぐに引き締め、こっちの方は何だ、と再び太刀を握る真似をした。

「六浦自然流だが、どの程度知っている？」

「お前が居合を習ったとしか知らぬが」

彦崎基一郎のことを話した。どうしても勝てぬのだ。勝つにはどうしたらよい。

「立ち合うのか」

「決まったことではないが、道場で模範試合をするかもしれぬ。その時、一本くらいは取りたいのだ」

「下世話に生きているとそのような考えを起こすものなのかな。負けておればよいではないか。勝つだけが剣の道ではないぞ」

「竹之介の前で三本取られるのは癪《しゃく》なのだ」

「しかし同門で手の内が知られているのだからな。まずは、勝てぬであろうよ」

「やはりな」

「……いや、そうとも言えぬぞ。如月派一刀流で立ち合《お》うたらどうだ。少しは保《も》つだろう」

一刀流を会得した如月頑右衛門《がんえもん》が興した如月派一刀流は、周次郎とともに幼少の頃から習った流派だった。

「駄目だった。入門する時、一刀流で立ち合うたのだが、手も足も出なかった」

「軍兵衛、それは、聞き捨てならぬぞ。如月派一刀流の恥ではないか」

「そう気色《けしき》ばむな。過ぎたことじゃねえか。とにかく、話は今のことだ。何とか勝つ方法はねえか」

「前にも言ったが、稽古《けいこ》が足りぬのだ。すべては素振《すぶ》りだ。腰がふらつかぬようになるまで鉄棒で素振りをしろ。さすれば、勝機が見えるやもしれぬ」

「……分かった」

「短いが手頃な鉄棒があるから持って行け。毎日暇があれば振っていろ」

「なあ周次郎、教えを乞う立場で何だが、ちと言いたいことがある」

「何だ。遠慮せずに言え」

「正論が多いぞ。絶対に負けぬ秘太刀を教えようとか言えぬのか」

「近道はない。それが剣の道だ」

間違ったことは言わぬ。それが、周次郎という男だった。

五

軍兵衛が妹尾周次郎の屋敷を訪ねたのとほぼ同じ刻限、《末広長屋》の家主《いえぬし》である堺町の絵具染草問屋《吉野屋《よしのや》》の主が、長屋の大家をお店の奥座敷に呼んでいた。

「大層お世話を受けた御武家様の中間が暇を取ってな。在所に帰るのだが、迎えの者が来るまで江戸にいることになった。そこで御武家様は中間部屋にいるように仰《おお》せになったのだが、在所の者も江戸見物したいだろうからと、御屋敷の外に住まいを探したいとの話。それならと、《末広》を使って下さるよう申し出ていたのだ。返事がなかったので、この話は立ち消えたのかと思っていたら、突然に『頼む』とのことでな。どうやら他のところの当てが外れたようなのだ。今夜から入ることになったので、よろしく頼みますよ。勿論《もちろん》、町方《まちかた》が入ったことも申し上げたが、かえってそんなところの方が面白いと仰せになってな。なあに、特別に何かするなどという必要はありませんよ。置いて上げれば、義理は果たせるのですからね」

これは、軍兵衛が周次郎を訪ねる前に《吉野屋》に寄って頼み込んだ筋書だった。

源三がさりげなく、長屋に入れるようにと取った細工であった。

その源三が、千吉の女房の繁が切り盛りしている一膳飯屋の若い者に荷を運ばせて《末広長屋》に入った頃――。

加曾利孫四郎は、不忍池から東に下った、三味線堀《しゃみせんぼり》に程近い下谷華蔵院《けぞういん》門前町の料理茶屋《華吹雪《はなふぶき》》を、霊岸島浜町の留松と下っ引の福次郎を従えて見張っていた。

昨夜、煙草の担ぎ売りの者から、耳毛の男をようやく突き止めたのだ。

――《貴久床《きくどこ》》の客で、名は伊蔵《いぞう》と申します。

――煙草は［雲の雫］を吸い、耳毛に相違ないな。

――間違いございません。［雲の雫］はお高いので、購《あがな》われる御方は滅多《めった》におれませんし、凝《じ》っと煙草を吸っているところなど、何を考えているか、底知れぬ感じで、ちょっとその、強面《こわもて》と言うのですか、それで覚えているのでございます。

そこで朝一番に《貴久床》を訪ねたのだが、埒までは分からなかった。しかし、

――無口な方で殆《ほとん》ど話しませんが、一度だけ、飲むなら《華吹雪》だ、と漏らしていたように存じます。

――どんな店だ？

――何から何まで高いので有名な料理茶屋でございます。

煙草の銘柄といい、酒を飲む場所といい、金遣いの荒さが鼻に付いた。恐らく貧しい育ちをしたのだろうと思った。過ぎた歳月に復讐《ふくしゅう》しているのかもしれない。

煙草の担ぎ売りと髪結いの許に絵師を送って似絵を作り、それを懐に見張りに立って一刻（二時間）あまりになる。

この華蔵院辺りは、三味線堀を掘った時の土で埋め立てられた土地で、元は沼地であった。そのためだけではないが、近くを堀が巡っていた。

浅草鳥越へと抜ける堀で、小舟を操れば大川へと自在に出られた。裏河岸からも、陸《おか》を歩かずに、三味線堀まで逃げられる。その地の利を、伊蔵は気に入ったのだろう。

「来やした」と霊岸島浜町の留松が、加曾利の耳許で囁《ささや》いた。

加曾利は目を凝らして男と似絵を見比べた。伊蔵に間違いなかった。

「主か女将に、伊蔵がひとりかどうか訊きやしょうか」留松が言った。

「やめておこう……」この四半刻《しはんとき》(三十分)の間に、ひとりで入った客はなかった。これからもう四半刻待って、ひとりで入る客がいなければ、伊蔵は誰と会うのでもなく、ひとりで飲むと見てよいだろう。それに、と加曾利は思った。下手に動くと悟られそうな気がした。

「今日のところは、塒を突き止めるだけでよしとしようじゃねえか」

一刻近く経って、女将と仲居に見送られて、伊蔵が《華吹雪》の門前に姿を現わした。

酒が入っているという足取りではなかった。それどころか、ひどく冷めたような、青白い顔をしていた。伊蔵は、女将らの挨拶《あいさつ》に応えようともせずに、片手を懐に入れたまま東へと歩き始めた。そちらには、大名家の上屋敷が、道を挟んで建ち並んでいた。まだ、暮れ六ツ（午後六時）の鐘が鳴る前なのに、既に人気《ひとけ》がない。後を尾けるのは難しかった。尾けるか否か、決めなければならない。

「旦那」と留松が、尻っ端折っていた着物の裾を下ろしながら言った。「やらしてやっておくんなさい。相手が誰であろうと、滅多なことではしくじりやせん。自信がありやす」

弱気になっている己を、留松に見抜かれ、叱咤《しった》されているような気がした。加曾利は、その心意気を買った。

「よし、任せよう」

「ありがとうございやす。いいか、福、間違っても俺に並ぶなよ。間を空けて、慌てずに付いて来るんだぜ」

言い終えるや、留松はするりと道に滑り出た。

数を三十まで数えてから、唾《つば》をひとつ飲み込んで、福次郎が続いた。加曾利は、福次郎の背が小さくなるのを待って尾行を開始した。

改めて、加曾利は唸ってしまった。

後を尾けるのに、これ程難しい道はなかった。真っ直ぐで、しかも両側が大名屋敷で身の隠しどころがなく、人通りも少ない。この道があるからこそ《華吹雪》を贔屓にしているとするならば、伊蔵という男の用心深さは並大抵のものではなかった。

前方に福次郎の背が小さく見えた。その先は、もう見えない。留松がどのようにして尾けているのか。伊蔵に気付かれないのか。加曾利には探りようがなかった。歩いた。急がず、慌てずに歩いて、徐々に間を詰めた。

やがて、鉤《かぎ》の手に曲がり、辻番《つじばん》の脇でもう一度曲がると、商家が軒《のき》を連《つら》ねた門前町の通りに出た。

この刻限まで、通りの中央で立売りをしていた者どもが、荷をまとめ、帰り仕度をしている。丼《どんぶり》や笊《ざる》を手にした町屋の者や、仕事終《じま》いの職人に紛《まぎ》れて福次郎が立っていた。

加曾利が脇に寄ると、「上手くいっておりやす」と言って、また留松の後を追った。

浅草阿部川町《あべかわちょう》の家並みをしごくようにして、東に下っている。程無くして、福次郎が立ち止まった。福次郎の半町（約五十五メートル）程先に留松がいた。立売りの餅《もち》を求め、手を伸ばしている。竹の皮に包まれた餅を受け取ると、町屋の軒を掠《かす》めて歩き出した。

道の正面に新堀川が見えた。南に曲がれば武家屋敷で、町屋は北側にしかない。

留松に続いて福次郎が北に折れた。

加曾利も後から続こうとして、福次郎の背に行き当たった。

「どうした？」

急ぎ足で戻って来た留松が、「突き止めやした」と、低い声で言った。

「よくやった。どこだ？」

「通りを見ておくんなさい」

加曾利は、言われたように通りに目を遣った。

「向こうから風呂敷《ふろしきづつ》包みを背負った小僧が参りやすね」

「うむ」

「見ていて下さい」

小僧が、何か呟きながら歩いて来て、狭い路地を通り過ぎた。

「あそこです。路地がありやしたが」

「見えた」

「あの奥の、突き当たりの家に入りやした」

加曾利は素早く辺りを見回した。見張りを置ける場所はないか、探したのである。

「旦那」と留松が言った。「あそこは、どうでしょう？」

路地の入り口に指物屋《さしものや》があった。薄暗い中で、まだ仕事をしている。

「二階の隅を使わせてもらえたら、好都合でやすが」留松が意気込んだ。

「指物屋を当たる前に、ここらの岡っ引に当たってみようじゃねえか。この辺りだと田原町《たわらまち》か」

「へい、蓑助《みのすけ》親分でございます」

田原町の蓑助は、七十を過ぎた老岡っ引であった。年季の入った分だけ、育て上げた岡っ引の数も多く、鬼の梅吉も蓑助の許で修業したひとりだった。

「連れて来てくれ」留松に言った。

こちらから出向いて話を通したいところなのだが、見張っていて身動きが取れないと話してな。頼むぜ。

間もなくして、蓑助が若い子分ふたりを供に、矍鑠《かくしやく》とした足取りで現われた。加曾利は、行き過ぎる者どもに話し声が聞こえないようにと、新堀川の川縁《かわべり》に蓑助を誘った。

「わざわざ済まねえな」

「とんでもないことでございやす。こんな近間で御役に立てれば、楽なもんでございやす」

「早速だが、指物屋の奥の路地に」

「へい。留松親分から、ざっとのことは聞きやした」

「そうかい。話が早くていいや。伊蔵って男を知っているかい？」

「何度か調べたことがございやす」

「何者なんだ？」

大店に出入りして、強請やたかりや踏み倒しなどの始末をしている男だ、と蓑助が言った。時折血が通っていねえんじゃねえかと思う程凶暴になる時がございやして、目にあまった時に何度か呼び出したことがありやした。

「大店ってえと、どの辺りのだ？」

「本銀町の蠟燭《ろうそく》問屋《播磨屋《はりまや》》、本石町の糸物問屋《唐木屋《からきや》》、駿河町《するがちよう》の木綿問屋《加納屋《かのうや》》、伊勢町の呉服問屋《島田屋《しまだや》》など、何軒かございやすが」

大店の中でも、人にそれと知られたお店ばかりだった。

「奴は、動く時はひとりか」

「いいえ、いつもつるんでいる奴がおりやす」

「誰だ？」

「百助《ひゃくすけ》と申しやして、百通りの生き物の真似が出来るという男で」

「どういうこったい？」

「犬や猫や鳥の鳴き真似が上手いんでやすよ」

「犬の、鳴き真似、でやすか……」留松が訊き返した。

忘れ物をした伊蔵と覚《おぼ》しき男が《ひょう六》を出る前に、犬が鳴いた。あれが百助の鳴き真似だとすると、それを合図にしていたのだ。普段は《華吹雪》でしか飲まないような男が、園の働く煮売り酒屋に入ったのは、単なる気紛《きまぐ》れからではなかったのかもしれない。請け負った仕事を行なう刻《とき》が来るのを、独りひっそりと待っていたのだ――。

「福、あの時、鳴いたな、犬が」

「確かに、鳴きやした」福次郎が、口を尖《とが》らせた。

「旦那」

留松が、《ひょう六》で聞いた犬の鳴き声のことを話した。

「そいつは、百助に違いありやせん」蓑助が頷いた。「あのふたりは、そうやって動くんでございやすよ」

「百助の塒を知っているか」

「勿論でございやす」

新堀川に架《か》かるこし屋橋を渡った、龍宝寺《りゅうほうじ》門前町の《五兵衛《ごへえ》長屋》だった。

「暫くの間、ふたりに張り付くしかねえな」

加曾利は留松と福次郎に言うと、指物屋を指さした。

「蓑助、あの二階だが、見張り所に借りられるか」

「あっしが話をいたしやしょう。何、堅い男でして、何の心配も要《い》りやせん」

「そうか」

蓑助がちらりと福次郎を見てから言った。

「旦那、もしよろしかったら、見張りのお手伝いをさせていただきたいんでやすが、いかがなもんでございやしょうか」

「助《す》けてくれると言うのかい」

「へい。縄張りうちのことでございやす。黙って見ている訳には参りやせん」

留松が、加曾利に首肯《しゅこう》して見せた。

「ありがてえ。是非頼むぜ」

蓑助は、子分ふたりを横に並ばせると、手早く順に名を言った。

「背の高い方が定吉《さだきち》。伊蔵を見張らせやす。背の低い方が半次《はんじ》。百助を見張らせやす」

ふたりが頭を下げた。


定吉が、指物屋に話を付けて戻って来た。

「存分にお使い下さい、とのことでございやした」

だが、半次の方は、見張り所にするようなところが見付からなかった。

「足繁《あししげ》く通うしかありやせんが、それでいかがでしょうか」

加曾利と蓑助を交互に見ながら訊いた。

「旦那のご裁量にお任せいたしやす」蓑助が下駄を預けた。

「動き過ぎるのは危ねえ。ここは伊蔵一本で行こう。伊蔵が動けば、百助も動くだろうからな」

「それがよろしかろうかと存じやす」蓑助が言った。

指物屋の二階からは、路地の奥が見通せた。

「蟻《あり》の子一匹見逃すもんじゃござんせん」

留松が、細く開いた障子から見詰めながら言った。

「あの家だが、門の中はどうなっているんだ？」

加曾利が蓑助に訊いた。

「ぐるりを板塀で囲まれた二十坪程の借家でして、大家はちょいこの先にある銘茶問屋の《駿河屋《するがや》》でございやす。《駿河屋》の隠居の住まいとして建てられたものでしたが、その隠居が三年程使って亡くなったので、貸しているって訳でございます。門の正面に玄関、三和土《たたき》となっておりまして、確か六畳二間と八畳二間に台所があるくらいでございやした」

「誰か、女でもいるのか」

「いいえ、ひとりのはずでございやす」

蓑助が、定吉を見た。

「女っ気は、まったくありやせん」

「食いものはどうしている？」

「手前《てめえ》で作るか、食いに出るかしているようでございやす」定吉が答えた。

「誰かに頼まねえのか、飯炊き婆さんかなんぞに」

「前に見張った時のことですが、出入りしたのは百助ひとりでした。それも、玄関で立ち話をしただけで、上に上げるなんてことは、ただの一度もありやせんでした」

「博打《ばくち》は？」

「多少はやるようでやすが、のめり込んでいるという噂《うわさ》は聞いたことがございやせん。熱くなるという質ではないようでございやす」

「するってえと、金は何に使っているんだ？」

「食うか飲むか、そんなところだと思いやす」

「いいものを食って飲んで、高《たけ》え煙草を吸って、それだけか」

「見張っていた間も、家にいても人の気配ってえものがまったく感じられませんでした。笑いもせず、泣きもせず、ただ押し黙って生きているんですかね」

　定吉の言葉に、皆が顔を見合わせた。

　そんな男が突然凶暴になった時に、どのような顔を見せるのか。底が知れなかった。

「伊蔵が何をしたのか、伺ってもよろしゅうございやしょうか」蓑助が言った。

「済まねえ。イの一番に言わなきゃならねえのに、後回しにしちまっていた」

蓑助と子分のふたりが膝を揃えた。

加曾利は、園の亡骸が見付かったところから話を始めた。

「園を殺した男は、伊蔵に間違いねえ」

「でしたら」定吉が口を挟もうとして蓑助に止められた。

「捕まえたいのは山々だが、まだ確たる証もねえ。それに、問題は殺した訳だ」

同夜直ぐ近くで武家が殺されたのだが、恐らくは、その武家殺しも伊蔵の仕業だろう。殺しの仕度を園に見られたからではないか、と思われるのだ。それ以外に園と伊蔵を結び付けるものはねえ。伊蔵はその日初めて会った園を、行き掛けの駄賃に殺しやがったのさ。

「では、何ゆえ武家を殺したのか。以前から知り合っていて、怨《うら》みのために殺したのか？　違う。金目当てか？　そうじゃねえ。頼まれたからだ。誰に？　そいつを突き止めれば、自《おの》ずとすべてが明らかになる。奴をお縄にするのは、それからだ」

「いつかは、頼み人に会うとお考えなのでございやすね？」

「必ず会う。手付けは殺しの前にもらうのだろうが、残りの金は殺しの後にもらうというのが、こういう輩《やから》の遣り口だ。まさか、ここまで手が回っていようとは夢にも思っていねえだろうから、そのうち頼み人と、どこぞで会うはずだ。まとめてふん縛《じば》ってやろうじゃねえか」

その時――。

物陰に佇《たたず》み、指物屋の二階を見上げている影があった。影はやがて鼻を鳴らすと、何事もなかったかのようにくるりと背を向け、歩み去って行った。

第五章　末広《すえひろ》長屋

一

翌一月二十五日、伊蔵は一歩も家から出なかった。煮炊《た》きする煙も上がらなければ、出入りする者もなく、それどころか人の気配すらしなかった。

明けて二十六日の朝五ツ（午前八時）、小さな風呂敷《ふろしき》包《づつ》みを背負い、着物の裾《すそ》を尻《しり》っ端折《ぱしょ》った男が、路地に入って来た。

男は真《ま》っ直《す》ぐ奥に行くと、片開きの引戸門を開け、玄関の戸を叩《たた》いている。

見張りに付いていた定吉が、留松と福次郎に声を掛けた。飛び起きたふたりが、狭い障子《しょうじ》の隙間《すきま》に顔を差し込み、縦《たて》に重なった。

「伊蔵さんのお住まいは、こちらでしょうか」

「………」伊蔵の声は聞き取れなかったが、何か答えているらしい。

男が、玄関の隙間から書状と半切紙《はんきりがみ》を差し込んだ。書状と紙がするりと中に引き込まれ、暫《しばら》くして半切紙だけが戻って来た。

この頃江戸でよく見掛けるようになった《便《たよ》り屋》だった。飛脚《ひきやく》のひとつだが、江戸御府内《ごふない》だけを受け持っている。

「後を尾《つ》けろ」と留松が福次郎に言った。「仲間が便り屋に化けていねえとも限らねえからな。もし本物だったら、受け取りの半切を見せてもらい、頼んだ奴の名と風体《ふうてい》を訊《き》きだして来い」

「承知しやした」

福次郎が階段を駆け降りて行った。

半刻《はんとき》（一時間）程して戻って来た福次郎によると、便り屋は定《じよう》飛脚問屋の副業で、本物だった。

「受け取りの半切に書かれていた名は［いぞう］、頼んだのは［ごすけ］。このごすけでやすが、年の頃は三十前、住まいは書かれておらず、名も偽名《ぎめい》と思われやすが、どこぞの手代のような風体だと言うことでやした。ごすけの文字を見せてもらったのでやすが、書き慣れたものでして、あっしより手が上でございやした」

　福次郎より上は範囲が広過ぎて、見当が付かなかった。

「そいつはひでえや……」

　泣きを入れようとした福次郎を制して、留松が言った。

「奉行所まで、もう一っ走りしてくれ。旦那《だんな》に、朝五ツに伊蔵のところに文《ふみ》が来た。差し出し人は［ごすけ］と書かれていたが、呼び出し状じゃねえかと思う。今夜か明日には出掛けるだろうから、来て下さるように、とお伝えするんだ。いいな」

「へい」

　真顔になった福次郎が、また階段を駆け降りている頃――。

《末広長屋》の空き店《だな》に、引っ越して来た者がいた。結の真向かいに入った源三の隣、つまり結の斜め前の借店になる。

　名は露《つゆ》。年は三十二。富沢町《とみざわちょう》の料理茶屋《むら田《た》》の仲居をしていた。夜更けて帰るのが物騒《ぶっそう》なので、近間を探していたというのが、越して来た理由《わけ》だった。

　女は矢鱈《やたら》に愛想《あいそ》がよく、明けっ広げで、引っ越して来た日から、長屋のかみさん連中と笑い興じていた。

笑い声や話し声は、薄い壁越しに源三の耳にも届いていた。どこそこの煮豆は味がいいだとか、どこそこはおかみさんの器量を褒《ほ》めるとおまけしてくれるだとか、他愛《たあい》のない話ばかりだった。初めは小うるさく感じられたが、それが互いの内証《ないしょう》の探り合いなのだと気付くと、結構楽しく聞くことが出来た。

源三は鼻の先で笑いながら、軍兵衛に命じられていた通り、日の高いうちは開け放った戸口に座り、木っ端《こっぱ》を削《けず》っては人形を拵《こしら》えた。

——とっつぁんに、そんな手遊《てすさ》びの技があろうとはね。

とは、夜になると、こっそり忍んで来る佐平の言葉だったが、源三自身、器用なものだ、と己の才に驚いていた。

夜は、ひたすら潰《つぶ》れるまで飲んだ。見張りの者がいるので、心置きなく飲めた。しかし、

——独り住まいなのだからな。酔っても、決して話し掛けるなよ。

それが辛《つら》いと言えば辛いことだったが、独りぶつぶつと呟《つぶや》きながら飲むのには慣れていた。

源三は酔い潰れて知らなかったが、二十六日は何事もなく過ぎたようだった。

明けて二十七日になった。

夜が明け、六ツ半（午前七時）を告げる鐘がひとつ鳴った頃、伊蔵の家の竈《かまど》から煙が上がった。

「久し振りの飯ですかね」

福次郎が留松に訊いた。

「どうなんだろうな」

炒《い》った豆を食べるか、味噌《みそ》を嘗《な》めては、酒を飲む。そんな暮らしを続け、たまに思い付いたように飯を炊くか根深汁を作って飲む。蓑助らの話によると、普段はそれでいられるらしいのだから、伊蔵という男は、本来あまり食べることはどうでもいい奴なのかもしれない。文句を言う筋合いではないが、何をどうしたらそのような暮らしを受け入れられるようになるのか、留松は訊けるものならば訊いてみたかった。

煙が絶え、またひっそりと気配が滞《とどこお》った。

昼が過ぎ、八ツ（午後二時）の鐘が鳴った。

定吉から半次に見張りが代わった。金山寺《きんざんじ》味噌売りの声がした。反古《ほご》紙買いが行き、箍屋《たがや》が行き、琵琶法師《びわほうし》の弾《ひ》く琵琶が路地にまで届いて来た。路地の奥は静まり返っている。動く気配はない。

夕七ツ（午後四時）の鐘が、捨て鐘三つの後から鳴り始め、やがて間遠に鳴り終わった。

伊蔵の家の玄関が、するりと音もなく開いた。

伊蔵は、空模様を確かめようというのか、空を仰《あお》いだ。暫《しばら》くの間、凝《じ》っと見詰めていたが、得心《とくしん》が行ったのか、引戸門を閉め、路地に出た。新堀川に沿って南へと歩いている。そのまま進むと浅草御蔵前にある鳥越橋に出る。

川の両側に散り、間合を空けて、後を尾けた。留松と入れ替わって、福次郎が先頭に立った。

――見失っても構わねえ。だが、何としても気付かれるな。

加曾利の言葉を嚙《か》み締めながら、伊蔵と歩調が揃《そろ》わないように気を配った。

「下がりな」

後から来た蓑助が、福次郎の前に出た。

「まだ代わったばかりですので……」

「手前《てめえ》にゃ荷が重いって言ってるんだよ」

足が鈍《にぶ》った福次郎を置き去りにして蓑助が、軽い足捌《あしさば》きで尾けて行く。

「気にせず、ゆっくり来い」

留松が追い抜いて行った。

ひどく己が情けなかった。俺は何の役にも立たないのか。走るだけしか出来ないのか。せめて、皆を見失わないようにと足を踏み出そうとした時、加曾利に呼び止められた。

「次の橋で、お前はあっちに渡り、先回りしてみろ」

「先回りって親分のですか」

「親分の先回りをして何になる？　伊蔵に決まっているだろうが」

「ですが、そんなことをしたら気付かれちまいやす」

「そん時はそん時だ。構わねえからやってみな」

「旦那、勘弁して……」

「やれ」

加曾利が短く命じた。

「一ノ橋の前に茶屋がある。そこに腰掛けて餅《もち》でも食っていろ。いいな」

「そんな……」

「いいから、食え」

「分かりやした……」

福次郎は、橋を渡ると、寺社と町屋が交互に続く道筋を駆けた。蓑助の子分の定吉と半次を追い抜いた。ふたりが何か言い掛けたが、無視して走った。

息を切らせ、脇腹を押さえては歩き、そしてまた駆けた。

川の向こう側を見ていなかったので、伊蔵が、留松がどこにいるのか、分からなくなった。

待つしかなかった。ふたつの道筋が合流する一ノ橋を見渡す新旅籠町《しんはたごちょう》の茶屋に腰を下ろした。

茶が来た。一息に飲み干し、お代わりをもらい、言われた通りに餅を頼んだ。

万が一にも伊蔵が現われた時には、どうすればいいのか。餅を食べていればいいのか。そう考えているうちに、餅を食べていれば、尾けていることを誤魔化せそうな気がした。餅を頼めと仰《おっ》しゃったのは、そのためだったのか。合点《がてん》していると、幅二間《けん》（約三・六メートル）、長さ三間（約五・四メートル）の橋の向こうに伊蔵が現われた。伊蔵は四囲に目を配りながら渡って来た。

「お待ちどさん」

一皿に、焼いた餅が三つ並んでいる。福次郎は、餅に心を奪われている振りをした。端っこの餅を指先で摘《つま》み、真上から口に下ろすようにして食べた。

目の前で、伊蔵が足を止め、

「茶をくんない」

福次郎の横に座った。

福次郎は茶を啜《すす》ってから、二個目の餅に食らい付いた。

伊蔵は煙草《タバコ》盆を引き寄せると、煙管《キセル》を取り出し、前屈《まえかが》みになって煙草に火を点《つ》けた。心地よい香りが、流れて来た。福次郎は、三つ目の餅にかぶり付いた。今度はゆっくりと食べた。伊蔵は美味《うま》そうに煙草を燻《くゆ》らせると、灰吹きに雁首《がんくび》を叩き付け、小銭を置いて茶屋を離れて行った。

動けずにいる福次郎の前を、蓑助が左手の指先をちょいと上げ、合図をして通り過ぎた。定吉と半次が、軽く目顔で礼をして続いた。

「意地を見せてくれたじゃねえか」留松が一声掛けて通って行った。

次いで加曾利が福次郎の隣に座った。

「茶をくれ」

福次郎が震える手で茶碗《ちゃわん》の残りを咽喉《のど》に流し込んだ。

「餅の味はしたか」

福次郎は首を横に振った。

「味わえるようになったら一人前ってことだ」

「旦那は、奴がここで休むと分かっていらしたんでやすか」

「奴は煙草呑《の》みだ。吸いたくなる頃だ。それに、尾けられているかどうか調べるのに、ここは絶好の場所だからな」

茶が来た。加曾利は一口飲むと、

「直ぐ追い付くから、先に行ってくれ」と福次郎に言った。「俺だけ迷子になっちまう訳にはいかねえしな」

「へい」

福次郎が、足を縺《もつ》れさせながら飛び出して行った。

柳橋《やなぎばし》の手前の平右衛門町《へいえもんちょう》にある料亭《小《こ》やなぎ》の門前の木立《こだち》の陰に、蓑助と留松らがいた。

「伊蔵が、ここに入りやした」蓑助が言った。

「他に、ひとりで来た者は？」

「伊蔵が入って間もなくして、大店《おおだな》の主《あるじ》らしいのが三人、入って行きやした」

「歩いてか」

「駕籠《かご》でございやした」留松が答えた。

「誰だか訊いたか」

「ふたりはお店から乗ったので分かりやしたが、残りのひとりは辻駕籠でしたので、分かりやせんでした」

「伊蔵の相手は、そいつだな。少しでも身性《みじょう》を隠そうとするなんざ、可愛《かわい》いじゃねえか」

「いかがいたしやしょう?」蓑助が訊いた。

「知りたいことは訊く。捕物のイロハだぜ」

加曾利は、俺が戻って来る前に奴どもが出て来たら、両方とも尾けろ、と留松と蓑助に言い置き、ひとりで檜皮葺門《ひわだぶきもん》を潜《くぐ》った。

案内を乞《こ》う間もなく、番頭と仲居頭のふたりが現われ、膝《ひざ》を突いた。

「見ての通りだ。主を呼んでくれ」

直ぐに主が、帳場から摺《す》り足で出て来た。

「御用のことで訊きたいんだが、ここでは商売の邪魔になりそうで、心苦しくていけねえや。上げちゃくれねえか」

商売の邪魔など気にならなかったが、伊蔵と相手の者に姿を見られたくなかった。

帳場に隣接する座敷に通された。

「早速だが」加曾利は伊蔵の人相風体を話した。「来ているだろう?」

「はい……」主が答えた。

「ひとりかい?」

「いいえ」

「誰と会っているか、教えちゃくれねえか」

「伊勢町の呉服問屋《島田屋》さんでございます」

伊蔵が出入りしている大店の名を訊いた時、蓑助が挙げたお店の中にあった名だった。

「《島田屋》と言えば、大名旗本家にも出入りしている大店だよな」

「左様でございます。押しも押されもせぬ、大店でございます」

主が、己のことのように胸を張った。

どうして、そのような大店が伊蔵のような男を使うのか。取り立てに使うにしろ、納得し難かった。大店と伊蔵では、飲む水も違えば、流す血潮《ちしお》も違うような気がした。

「来ているのは、主か番頭か、それとも？」

「当代の長右衛門《ちょうえもん》さんでございます」

「よくふたりは来るのか」

「時折、ですが」

「何の話をしているのか、聞きてえんだが、何とかならねえか」

「それはご無理というものでございます。手前どもは、お客様が誰憚《はばか》ることなく酒食を愉《たの》しんでいただけるよう心を砕《くだ》き、それでお代を頂戴《ちょうだい》しておりますので」

主は、折れようとはしなかった。

半刻程して、長右衛門と伊蔵が板廊下の奥から出て来た。主は帳場との襖《ふすま》を細く閉め残し、女将《おかみ》とともに見送りに立った。

襖の隙間からでも、玄関口の様子はよく見えた。

太り肉《じし》の身体《からだ》を持てあますようにして振り向き、長右衛門が笑顔で応えている。

女将とともに戻って来た主に、俺が来たことは、と加曾利が訊いた。

「申しませんでした」

「助かるぜ」

「お力添え出来ずにお許し下さいませ」

「いいや、役に立ったぜ」

見送りを断り、料亭を飛び出した加曾利は、誰もいないと知りつつ門前を見回した。

暗がりの中に人影があった。

「誰でえ？」

蓑助と留松に子分どもが雁首を揃えていた。

「どうした？　何で後を尾けねえんだ？」

「旦那」と留松が言いながら、背後に目を遣った。

誰か、いた。

「姿を見せろ」

「私だ」

影が、鼻をひとつ鳴らすと、《小やなぎ》と書かれた柱行灯《はしらあんどん》の仄《ほの》明かり中に歩み出て来た。竹越家の徒目付《かちめつけ》・二瓶角之助だった。

「何で町方《まちかた》の邪魔をする」

「あの者どもに、我らの動きを気付かれたくないのだ」

「町屋の者が、それもまだ若え女《わけ》が殺されているんだ。手前勝手なことばかり言うんじゃやねえ」

「待て、加曾利」と二瓶の後ろから、もうひとつ影が現われた。

「気安く呼ばずに、前に出ろ」

「俺だ」

隠密廻り同心の武智要三郎だった。隠密廻りと大名家の徒目付がつるんでいるとなると――。

「話し合った方がよさそうだな」加曾利が言った。

柳橋を渡り、両国広小路を横切り、米沢町《よねざわちょう》の裏通りへと抜けた。煮売り酒屋や一膳飯屋が軒《のき》を並べた先に、路地と路地とに挟まれ、ぽつんと取り残されたような蕎麦《そば》屋《曙庵《あけぼのあん》》があった。

「ちょいと見て参りやす」

留松は、縄暖簾《なわのれん》を潜《くぐ》ると、腰高障子《こしだか》に首を差し込んでいる。

話が付いたのか、「おうっ」と応えて腰高障子を閉めると、

「どうぞこちらへ」

先に立って路地を曲がった。勝手口に主らしい男が出迎えていた。

「二階は、住まいになっておりますので、取り散らかっておりますが、話し声は聞こえません。存分に使ってやって下さい」

「ありがとよ。助かったぜ」

主の後から、加曾利ら八人が上がると、狭い部屋は一杯になった。

「何かお持ちいたしましょうか」主が訊いた。

「昼から何も食ってねえんだ。取り敢えずは酒と、何でも構わねえ、どっさりと持って来てくれ。この人数だ、多くて困るってことはねえからな」

「承知いたしました」

主が狭い急階段を身体を縦にして下りて行った。

「このような時に、飲み食いをいたすのか」二瓶が憤《いきどお》りを隠そうともせずに言った。

「只《ただ》で場所を借りる訳にはいかねえだろう。儲《もう》けさせてやらねえとな」

飲み食いは福次郎、お前らに任せたぜ。加曾利が言った。

ありがとうございやす。福次郎が応え、定吉と半次が続いた。

酒と肴《さかな》が来た。鍋《なべ》の中に、つくねや焼き豆腐が行儀よく並んでいた。

「美味《うま》そうだな」と加曾利が言った。「俺にも分けてくれ」

「旦那方は、いかがいたしやしょう」取り箸《ばし》を使いながら留松が訊いた。

「いらぬ」と二瓶が答えた。

「私も後にしよう」と武智が言った。

加曾利の前に銚釐《ちろり》と小皿が置かれた。

「ここは、馴染《なじみ》なのか」と加曾利が、留松に訊いた。

「まだ下っ引の頃でやすが、親分に叱《しか》られると、よくここまで来て飲んだものでして」

「そういう繋《つな》がりは大事にしねえとな」加曾利が酒を飲み干しながら言った。

二瓶が軽く咳払《せきばら》いをした。加曾利は、もうひとつ酒を飲むと、

「三坂殿を殺したのは」と言った。「先程、長右衛門と出て来た伊蔵って奴です」

確信はあったが、まだこれぞという証《あかし》はなかった。しかし、勢いで言い切った。

「存じておる」二瓶が言った。

武智の顔を見た。相変わらず変化に乏《とぼ》しかったが、二瓶が知っていると言ったことは、嘘《うそ》ではなさそうだった。

「どうやら、俺たちより調べは進んでいるようだな」武智に訊いた。

「そうだが、加曾利らの調べが予想以上に早いのでな、出て来たという訳だ」

「遠回りさせやがって、知っていることは、話してくれるのだろうな」

加曾利は焼き豆腐を箸先で千切り、口に放《ほう》り込んだ。

「そのつもりだ」

武智は留松の膝許《ひざもと》から湯飲みを取ると、銚釐の酒を注ぎ、ぐいと飲み込んで、話を始めた。

「彼奴《きやつ》は《島田屋》のために、既にふたり殺している。三坂殿は三人目ということになる」

「どうして、そのようなことまで知っている?」

武智は加曾利を手で制すと、続けた。

《島田屋》は大名や旗本屋敷に品物を納めている。その儲けを独り占めするために、町屋の者をふたり殺した。何年も前のことだが、例繰方《れいくりかた》に残されている調書によると、ふたりとも物盗《ものと》りの仕業《しわざ》として片付けられていた。《島田屋》は、そうして各御家に食い込み、納戸役《なんどやく》の者を賄《まいない》漬《づ》けにし肥え太ってきたのだ。

(隠密廻りが、そこまで調べているということは……)

町奉行に調べを頼んだ大名がいたのだろう。

(その大名家とは)二瓶を見た。

「そうだ。我が竹越家の納戸役も賄漬けになっておったと思われるのだ」

「それを知って諫《いさ》めた三坂殿を、言葉巧《たく》みに酒食に誘い、殺させたということだ」

「あの上月伸九郎が」

伊蔵に一突《ひとつ》きで殺された三坂尚太郎を庇《かば》い、士道《しどう》不覚悟と見做《みな》されては、三坂の家は断絶してしまうから、と自身番《じしんばん》の板の間に手を突いたのが、上月伸九郎だった。

「あの野郎、田舎《いなか》芝居をたっぷり見せ付けやがって」

加曾利は、上月が今どうなっているのか、二瓶に尋ねた。

「調べているのだが、三坂を殺させたという確たる証が摑《つか》めぬのだ」

「そういうことか」

ふたりが揃って姿を現わした訳が、はっきりと分かった。

隠密廻りは探索の力には長《た》けていたが、強引に腕力勝負で訊き出すことは得手ではなかった。また、外様《とざま》大名の竹越家の者が、御府内で捕物騒動も起こせない。そこで、出番となったってことか。

「承知した」と加曾利が言った。「あの伊蔵に、喋《しやべ》らせましょう」

「お任せいたす」二瓶が膝頭に拳《こぶし》をのせたまま、頭を下げた。

「それにしても、伊蔵のことをよく調べましたね」

「三坂が書き残していたのだ。金を摑ませて《島田屋》の者から訊き出したらしいが、ために《島田屋》の知るところとなり殺されたのであろう」

「その者の名は……」

「分からぬのだ」

「では、《島田屋》の裏を取らせてもらってから、直ぐにも伊蔵を嵌《は》めてやりましょう」

「嵌める？」二瓶が武智に目を遣ってから、加曾利を見詰めた。

「相手はまともではないですからね。こっちがまともにやってたら、埒《らち》なんざ明きやしねえってことですよ」

なあ、福次郎、と突然加曾利が声を掛けた。

「ってなもんで、ございやすよ」

大根の尻っぺたを頬張《ほおば》っていた福次郎が、袖《そで》をたくし上げながら答えた。話の中身を聞いていたのかどうかは分からなかったが、受け答えの辻褄《つじつま》は合っていた。

二

加曾利らが米沢町の蕎麦屋《曙庵》を出たのと、ほぼ同じ刻限――。

堺町の《末広長屋》の源三の借店には、夜陰に紛《まぎ》れて上がり込んで来た軍兵衛と千吉が息を潜めていた。

源三は、そんなふたりを見ては因果な商売だと言わんばかりに溜息《ためいき》を吐き、美味そうに酒を飲んでいる。

昨夜も独り言を呟《つぶや》きながらひとりで飲み、酔い潰れて眠ってしまった。

大分酒が回って来たらしい。葱《ねぎ》ぬたを取り落としている。

静かだった。

木戸近くの借店に入っている大工一家の赤子が泣き止んでからは、これといった物音は立っていない。

今夜も何事もなく終わるのか。源三が抱えている酒徳利《どっくり》を取り上げてやろうかと、うずうずしていると、千吉が不意に顔を上げた。

(どうした?)

(誰か、来ました)手振りで答えた。

聞き耳を立てていると、源三が首を伸ばす真似《まね》をしている。

(とっつぁんは、飲んでいろ)

手振りで命じている間に、隣の腰高障子の開く音がした。

(隣に入りました)千吉が壁を指さした。

(まさか、これじゃねえだろうな?)

親指を立てた。千吉が首を横に振った。

(足音を殺してました。盗人《ぬすっと》の歩き方です)

軍兵衛は頷くと同時に立ち上がり、踏み台に乗った。

柱に打ち付けられた釘《くぎ》に、着古した半纏《はんてん》が吊《つ》り下げられている。

その半纏の裏側に頭を差し込むと、丁度目の高さに壁と柱の隙間があり、そこから隣の借店を覗《のぞ》くことが出来た。

しょう。

——暇だったから、ちょいと広げておきました。誰が入るか、楽しみにいたしや

源三がいたずらをしたのは、越して来た当夜のことだった。叱ったが、隣の女と男が結殺しの一味だとすると、とんだ手柄話に転ずることになる。

男がいた。首に手拭《てぬぐい》を巻き付け、背を向けている。

女がこっちの壁を顎《あご》で指した。

「まだ起きているんだよ」

どうやら寝静まるのを待っているらしい。

軍兵衛は、そっと頭を半纏から出すと、当たりのようだ、と口の動きを読ませた。

千吉の顔が笑み割れた。

女が越して来た時、千吉を客として富沢町の料理茶屋《むら田》に送り、身《み》性《じょう》を調べさせたのだが、

——お露さんは、それはよく気の付く人で。

と、皆が口を揃えて言ったらしい。

こいつは見当違いかと思い始めていた矢先の、今夜だった。万一を思い、昨夜

に続いて新六と佐平を暗がりに配しておいたのが、役に立ってくれそうな具合になって来ていた。

（酒を飲め。飲んで鼾《いびき》を掻《か》いて寝ろ）軍兵衛が手振りで源三に命じた。

飲みますよ。こうなったら大威張《いば》りで飲みますよ、と源三が、口の中でもそもそと呟き、涎《よだれ》を垂らしながら酒を飲み干した。

「へへっ」と源三が笑った。

千吉と軍兵衛が目を見合わせた。何か喋《しゃべ》り掛けて来たら、黙らせるしかなかった。

「へへへっ」と尚《なお》も笑うと、夜具に倒れ込み、何か妙な節を付けて唸りながら眠りに落ちていた。

軍兵衛は、行灯《あんどん》の灯《ひ》を消した。それを待っていたかのように、源三が鼾を掻き始めた。

源三の鼾を聞くのは、二日目だった。

昨夜も、寝ながら時折手足をぴくぴくと痙攣《けいれん》させていた。

それが癖なのか、病なのか、軍兵衛には分からなかったが、源三の来し方の何かを見ているような気がした。

「お隣さん、ふたりとも、凝っとしてますぜ」

踏み台から下りて来た千吉が、そっと囁《ささや》いた。

軍兵衛は頷くと、目を閉じた。目を閉じて、耳を澄ますと、隣の気配は手に取るように分かった。

夜四ツ（午後十時）を知らせる拍子木《ひょうしぎ》の音が聞こえて来た。大通りを木戸番が、拍子木を打ちながら歩いているのだ。音が近付き、やがて遠退《とおの》いて行った。どぶ板の上を猫が横切ったらしい。かたかたと鳴ったのを潮《しお》に、音が絶えた。

夜九ツ（午前零時）が過ぎ、九ツ半（午前一時）になった。

隣の家から気配が伝わって来た。

軍兵衛が目を開けると、千吉も目を見開いていた。

隣の腰高障子が、そっと開いた。戸口に立って辺りの気配を探っているのだろう、暫く動かずにいたが、やがて路地を渡ると、そっと向かいの借店に入って行った。

軍兵衛と千吉は、土間に下りると、障子に小さな穴を開け、向かいの様子を探った。

小さな手燭《てしょく》の明かりを頼りに探しているのだろう。

微《かす》かな明かりが、ゆらゆらと動いている。

夜八ツ（午前二時）を過ぎたが、まだ見付からない。焦りが出て来たのか、苛《いら》立《だ》ち始めているのか、男が手燭の灯心を長くしたのだろう。僅《わず》かに明るくなった。

更に四半刻《しはんとき》（三十分）が過ぎた。

もう探し始めて一刻（二時間）になる。執念か根性か、見付け出せなければ死が待っているかの、いずれかだろう。

千吉が手拭を口に当て、欠伸《あくび》を嚙み殺した時、仄明かりが縦に揺れた。

「………」

軍兵衛は目を凝《こ》らした。明かりを床に置いたのか、俄《にわか》にひどく暗くなった。

どうした？

向かいの腰高障子がするりと開き、男が出て来た。後ろ手に障子を閉めながら、耳と目で気配を探っている。

やがて、きっちりと閉め終えると、大股《おおまた》になって露の借店の戸口に向かった。

軍兵衛は男の動きに合わせて、土間から上がり、踏み台に乗った。

男が懐から紙片を取り出して女に見せている。女の背が、喜びに溢《あふ》れている。

男と女が行灯の側に寄った。女が行灯の灯心を伸ばした。明かりの中に、ふたりの男女がくっきりと浮かび上がった。

男が小声で読んでいる。男が笑って、紙片を指先で弾《はじ》いた。女が、どこにあったか、訊いている。男は首筋から手拭を外すと、顔を拭《ふ》きながら女の家の枕屏風《まくらびょうぶ》を指さした。

女が大仰《おおぎょう》に驚いたような声を上げた。

「静かにしろい」

男が、凄《すご》みを利かせた。その首筋に黒っぽい染《し》みが見えた。

「…………」

軍兵衛は男の咽喉許を見詰めた。やがて、男は茶を立て続けに三杯飲むと、紙片を懐に収めた。暗いうちに、どこかに持って行くらしい。女を呼び寄せた。女が男にしなだれ掛かって行った。男は女の口を吸い終えると、何やら耳許で囁いた。女が笑った。男も笑った。男の咽喉許が行灯の灯に浮かび上がった。赤い痣《あざ》が見えた。猫の形をしていた。ぞろ目の双七だった。

思わぬ獲物だった。まさか待ち構えていた獲物が、行方の知れなかった双七だとは考えもしないことだった。

軍兵衛は、もう一度男を見詰めた。

目付きに険《けん》があった。どう見ても、表街道を大手を振って歩く者の人相風体ではなかった。由比の吉兵衛の倅《せがれ》は、この男と何を話したのか、何に魅《ひ》かれて国を売ったのか。一瞬政吉のことが思い返されたが、直ぐに心を閉ざした。

男の背後には、野火止がいるのだ。

千吉を見た。千吉も軍兵衛を見ている。軍兵衛は頷き返してから、男を尾けるように手振りで命じた。

千吉は障子紙を濡らすと、四本の指を一列に刺し、下に引いた。大きく破けた。そこから手首を出し、最初は親指を立て、次いで隣の家を指した。隣から出て行く男を尾けろ、という合図だった。

長屋奥の横倒しになった樽《たる》の中で合図を待っていた新六が、手首を立て、同じ所作をしてから、温石《おんじゃく》を抱えて丸くなっている佐平を揺り起こした。

新六と佐平が尾けた後で、そっと裏から軍兵衛と千吉が家を出て、ふたりに合流しようという算段である。

隣の借店の腰高障子がするすると開いた。男が出て行く。木戸の鍵を外し、通りに出た。

新六と佐平が、女に気付かれないよう、遠回りして裏路地伝いに木戸口に出、尾行を始めているはずだった。

(行くぞ)軍兵衛が所作で示した。

千吉が、裏の障子に手を掛け、持ち上げるようにして横に引いた。鈍い音がした。千吉は手を止め、軍兵衛を見た。止めろ。軍兵衛が声には出さず、口の動きで教えた。

女の借店は水を打ったように静まり返っている。聞こえたのかどうか、確かめる術《すべ》はない。身動きが取れなくなってしまった。

(どういたしやしょう)千吉が目で尋ねた。

(新六らに任せるしかあるめえ)

しかし、苛立ちは抑えようがなかった。

「男の咽喉許に赤痣があった」軍兵衛が千吉の耳許に囁いた。

千吉の目が大きく見開かれた。

「ぞろ目だったんでやすか」

「ここは逃す訳にはいかねえんだ。ことによっちゃ、女を捕まえるぜ」

「承知いたしやした。物音を立てずに、出来れば神隠しのように見せ掛けやしょう」

「そうするしかあるめえ……」

軍兵衛が答えようとした時、女の借店の腰高障子の開く音がした。足音は、木戸の方ではなく、裏の方に向かっている。裏にあるのは、雪隠《せっちん》とごみ箱と井戸である。

軋《きし》むような音がした。建て付けの悪い雪隠の戸の音だった。

「旦那、占子《しめこ》の兎《うさぎ》ですぜ」

軍兵衛と千吉は、眠っている源三を残して借店を飛び出し、木戸を抜けた。

通りには人気がまったくなかった。

千吉が、旦那、と言って、地面を指した。

小石がひとつぽつんと置いてあり、小石を起点に矢印が描かれていた。矢印は西の方角を向いている。

「よし。女よりぞろ目だ。追うぜ」

提灯《ちょうちん》は使えない。軍兵衛と千吉は、地面を斜めに透かすようにして小石を探しながら足を急がせた。

丁字路《ていじろ》に踏み込む手前に、次の小石が落ちていた。矢印は右に曲がるようにと指示している。迷わずに進んだ。

「小石は幾つ持たせた？」

「特に決めてはおりやせんが、ひとり二十個としてふたりで四十個近くは持っているはずでございやす」

軍兵衛が小石を拾《ひろ》い上げた。まだほんのりと温かかった。

投げれば武器になり、置けば目印になる小石を、冬場の見張りの時は、温め、布に包み、温石としても使っていた。微かなぬくもりを軍兵衛は握り締めた。

歩を進めた。

自身番と木戸番小屋があった。町木戸に向かって小石が置かれ、矢印が向いていた。

木戸番小屋の障子をそっと叩いた。身形《みなり》で八丁堀の同心と気付いた番太郎が、飛び跳ねるようにして外に出て来て、

「木戸を出て、右に行かれました」と言った。

「咽喉に赤い痣があるんだが、そんな男は見なかったか」

「いいえ、通られたのは新六さんに佐平さんという御方たちだけで」

「旦那、恐らく飛び越えたんでしょう」

それしか越える方法はなかった。

番太郎に礼を言い、軍兵衛と千吉は堀留町入堀《ほりどめちょう》沿いの通りに出た。

暗い道の先に、常夜灯の仄明かりがぽつんと見えた。川風が忍び込むのだろう、常夜灯がちろちろと揺れている。寒さが募《つの》った。

「旦那」

千吉が小声で言った。堀を挟んだ向かい側に新六と佐平の姿が見えた。

ふたりの遥《はる》か前方に目を遣った。人の姿は見えなかったが、恐らく双七がいるのだろう。堀留町入堀を向こうに渡るには、南に下って親父橋を渡るか、北上して和国橋《わこく》を渡るか、さもなければ更《さら》に北に進み、堀をぐるりと回るしかなかった。軍兵衛らは、このままふたりの背を見ながら北に向かうことにした。

新六と佐平の背が止まった。和国橋を渡った先だった。

軍兵衛と千吉は、和国橋のたもとにある柳の古木の陰に隠れて、ふたりの前方を見た。

突然、暗く沈んだ軒下に薄明かりが射した。潜り戸が開いたのだろう。影が吸い込まれるようにして消えるのが見えた。

「どこだ？」

「あそこは、船宿の《石見屋《いわみや》》でございやす」

「聞かねえ名だな」

「以前は《常磐屋《ときわや》》という船宿でしたが」

主夫婦が高齢になったので、二年前に居抜きで譲《ゆず》ったのだ、と千吉が言った。

小網町に居を構え、親分と呼ばれているだけあり、流石《さすが》に縄張りうちのことは詳しかった。

「使用人は？」

「総入れ替えをしたと聞いております」

「くせえな」

「ここが、野火止の隠れ家でしょうか」

「まず間違いあるめえよ」

「畜生《ちくしょう》、嘗《な》めくさったことをしやがって」千吉が、奥歯を軋ませた。

「怒るのも無理はねえが、ここがお前の縄張《しま》りで、鼠《ねずみ》の巣まで分かっているとなれば、捕えたも同然じゃねえか。俺はついていると思っているぜ」

「へい」千吉は頭を軽く下げると、暗い道を見据えながら言った。「これからでやすが、どういたしやしょう」

「奴どもがどこを狙っているのか、場所も日付も分からねえ上、誰も野火止の面《つら》を知らねえんだ。見張るしかあるめえ」

見張り所になりそうなところを探した。堀を挟んだ向かいにちんまりとした料理茶屋があり、手頃に思えたが、入堀や通りを隔《へだ》てており、見張るのには離れ過ぎていた。

軍兵衛が千吉に訊いた。《石見屋》の手前はどうなっている？

幅二間（約三・六メートル）の路地を挟んで仕出し屋があるのだと千吉が言って、思わず掌を叩いた。

「その《紅鹿《べにか》の子《こ》》って店の二階隅の部屋からは、船宿の出入りが見渡せやす」

「《紅鹿の子》にいる人数は？」

「老夫婦と若夫婦、それに通いの女がひとり、それだけです」

「信は置けるか」

「あっしとは、馴染でございやす」

「やはり縄張りうちだな、心強いぜ」と軍兵衛が、千吉に言った。「朝になったら、頼んでくれ」

道の隅を、背を屈めて駆けて来る黒い影があった。佐平だった。

「交代で朝まで見張らせやすか」と千吉が訊いた。

「いいや、一旦引き上げよう。動きがあるとしても、明日からだろう」

三

一月二十八日。

加曾利は、出仕《しゅっし》の挨拶《あいさつ》を済ませると、留松と福次郎を伴って奉行所を後にした。田原町の蓑助と子分のふたりは、南町の同心の手先として、夜明けとともに内藤新宿《ないとうしんじゅく》まで出張っているはずだった。

「最初は、商売敵《がたき》だ。お店の噂《うわさ》を聞き込むぞ」

紺屋町《こんやちょう》の呉服問屋《宮古屋《みやこや》》の暖簾を潜った。

奥に通されると、直ぐに主が応対に出て来た。

「《島田屋》さんと競うと、どういう訳か、必ず差障《さしさわ》りが起こるのでございます」

主が言った。

「御品を納めに出向いた者が、前から来た酔っ払いに、御品ごと堀に叩き込まれたことがございました。用心棒を雇ったこともございましたが、相手は喧嘩《けんか》馴れしており、目潰しを使われ、腕を折られてしまいました」

「訴え出なかったのか」

「《島田屋》さんが雇ったという証がございませんので、どうにもなりませんでした」

次いで《島田屋》を辞めた者に訊いた。

これは、《宮古屋》など呉服問屋を数軒回っている間に、辞めた者を知らないかと尋ね、訊き出したのだ。大店になる程、商売敵のお店の人の動きには気を配っているはずだと踏んだのである。

ひとり目は、手代の喜兵衛《きへえ》だった。喜兵衛は、婿入りして家業を継ぐために辞めていた。

「《島田屋》の旦那様は、それはよい御方でございました。悪いことなどしておられません。《島田屋》があまりに繁盛《はんじょう》するので、妬《ねた》む者が妙な噂を流すのでございましょう」

何の役にも立たなかったが、主の裏の顔を見ていなければ、喜兵衛のように思ったまま辞めていく者がいることは頷けた。あるいは、裏の顔を知っていても、おいそれとは口に出来ないのかもしれない。

ふたり目は、三番番頭をしていた甲右衛門《こうえもん》だった。

「長年勤めさせていただいた主のことを悪くは言いたくないのですが、阿漕《あこぎ》な御方でございました。これはお出入りしていた、さる御大名家の話でございますが、掛かりの御武家様に鼻薬を利かせ、それで雁字搦《がんじがら》めにし、後はもう納めてもいない品の御代を頂戴するなど仕放題でございました。勿論《もちろん》、鼻薬を受け取らない御武家様もいらっしゃいましたが、国許に戻されたとか、聞いております」

「それは、《島田屋》が裏で何か画策したと言うことか」

「その御方の悪い噂を流し、鼻薬を嗅《か》がされている方々が口裏を合わせるのでございますよ」

「そんなことは、しょっちゅうあったのかい？」

「多かったでございますね」

「陸奥国白川郡の竹越という殿様の御家中《ごかちゅう》なのだが、分かるかな？」

「手前は西国の掛かりでしたので、聞き覚えがあるかどうか分かりませんが、御名は？」

「納戸頭の上月伸九郎ってんだが、覚えはねえかな？」

「申し訳ございません」

「謝ることたあねえ。よく話してくれたな。助かったぜ。礼を言う」

「お店を辞める時に、お店で見たこと聞いたことは口にしないよう、きつく言われるのでございますよ。守らないと、川か、堀に浮かぶと脅されました」

「お前さんは、話しても平気なのかい」

「身寄りはございませんし、どのみち先は長くない爺《じじい》でございますから。今お店に勤めている者で、お店の遣り方を苦々しく思っている者もいるかもしれませんが、皆、口を噤《つぐ》んでいるのでしょう。誰しも命は惜しいですから」

「つい最近辞めた者を誰か知らねえか」

「なかなか辞めさせないので」甲右衛門は暫く考えていたが、女衆でもよいか、と訊いた。

「構わねえよ」

掃除方の粂《くめ》が、先月辞めたはずだと言った。

「住まいを知っていたら、教えちゃくれねえか」

甲右衛門は粂の住まいまでは知らなかったが、粂が出入りしている口入屋を覚えていたので、粂に辿《たど》り着くのに苦労はしなかった。

粂は橋本町《はしもとちょう》の《かわず長屋》に住んでいた。

「腹を割って話すから、教えてくれ」と加曾利が、粂の目を見詰めて言った。

「御武家がひとり、若い女がひとり、都合ふたりが殺された。《島田屋》が、あくどい儲《もう》けを得るためだ。力を貸してくれねえか」

「あたしが知っていることならば、お話しいたしますが」

「ありがとよ。殺されたのは八日前の二十日の宵五ツ（午後八時）頃なんだ」

「その頃には、辞めておりましたが」

「知っている。だがな、前の月くらいには、段取りを付けたはずなんだ。何か覚えはねえか」

「あたしの知る限り、これと言ったことは何もございませんでした。そのようなことは、恐らく外でなされたのではないでしょうか」

「どこかに出掛けたのを見たとか」

「いいえ、あたしは掃除方ですから、表向きのことは何も」

「どこか、料亭とか、何か小耳に挟んだことはなかったかい」

「別に」と言ってから、あっ、と呟いて、粂が口を押さえた。

「どうした？」

「一度庭を掃いていた時、廊下を行く旦那様が番頭さんと料亭の話をしていて」

「何て料亭だか分からないか」

「確か《三里《みさと》》とか」

江戸でも指折りの料亭だった。

「いつ頃のことだ？」

「二、三か月程前になります」


料亭《三里》は、日本橋に程近い品川町にあった。

留松と福次郎を外に残し、加曾利はひとりで石畳を踏んだ。玄関口に現われた女将に、静かな口調で、主を呼んでくれるようにと頼んだ。

直ぐに帳場に通された。

主に、呉服問屋の《島田屋》について訊いた。

「はい、確かにご利用いただいておりますが」

「つい最近も来たよな」勘だった。確証あってのことではない。

「はい」

「《島田屋》の相手は、誰だか分かるか」

「御武家様でございました」

「その武家が誰だか知らないか」

「初めての御侍様で、頭巾《ずきん》をお被《かぶ》りになっておられましたし、御名までは」

嘘ではなさそうだった。上月伸九郎の顔を思い返した。何か特徴はなかったか。これと言って思い出すものはなかった。

帳場から玄関口が見えた。簞笥《たんす》が並んでいる。刀を納めておく、刀簞笥だった。

「客の刀を預かっているのかい」

酒の席で刃傷沙汰《にんじようざた》が起きないように、と刀を預かる料亭が増えて来ていたが、《三里》もその一軒だった。

「刀番を呼んでくれねえか」

髪の半《なか》ばを白くした老爺《ろうや》が現われた。

武家奉公をしたことがあるのか、それとも刀剣を商ったことがあるのか、間違えて刀を渡せば首が飛ぶかも知れぬ仕事を続けているだけに、顔に張り詰めたものがあった。

「忙しいところを済まないが、教えてくれ」

「何なりと」

「呉服問屋の《島田屋》の連れの刀だが、覚えているかな。頭巾の侍《さむらい》だが」

「よい拵《こしら》えでございました」

「下げ緒だが、紫と黒を編《あ》んだものじゃなかったか」

「左様でございました。あの紐は、一度見たら忘れるものではございません」

「ありがとよ。訊きたかったのはそれだけだ」

相手は上月伸九郎に相違なかった。主に、座敷掛かりの仲居を呼んでくれるように頼んだ。

四十半ばの肉置《ししお》きのよい女が、帳場の敷居の外で膝を突いた。入るように、と加曾利が言い、主が手招きした。

「酒を運んだ時とかに、何か聞いちゃいねえかな。何でもいいんだ」

「目障りだから、どうにか成らぬか、というような話をされておいででございました」

「実《まこと》か」仲居の言葉に、加曾利が驚きの声を上げた。「よく話を止めなかったな」

「わたしどもは」と仲居が冷めた口調で応えた。「聞いても聞かぬ振りをいたしておりますので、人と思わぬような御方もございます」

武智要三郎と二瓶角之助の話が本当らしいことは頷けた。

《三里》から出て行くと、留松と福次郎が駆け寄って来た。加曾利はあらましを手短に話した。

「どこから攻めやしょう?」留松が、四囲を見てから言った。

「殺しを請け負った奴らからだ。伊蔵は腹が据わっているだろうから、百助から落とすしかあるまい」加曾利は咽喉に手を当て、言った。「続きは、飲みながらにしようじゃねえか。立ち話は無粋《ぶすい》でいけねえ」

《三里》の柱行灯が、柳の小枝の向こうに隠れて消えた。


加曾利らが品川町の料亭《三里》を出、北鞘町の煮売り酒屋に上がり込んだ頃、そこから僅かに五町三十間(約六百メートル)しか離れていない堀江町《ほりえちょう》の仕出し屋《紅鹿の子》の二階に、軍兵衛らはいた。

階下の仕出し屋から取った料理が、箱膳に並んでいる。

「こんな幸せな見張り所はないですよ」新六が、盛んに箸を迷わせながら言った。

見張り番のため、お預けを食らった佐平は、幅二間(三・六メートル)の路地を挟んだ眼下にある船宿《石見屋》の出入りを見詰めている。

佐平の右手が動いた。膝許に置いた半切に、出入りした者の数を書き留めた。

——やはり、怪しいですぜ、と千吉が軍兵衛に言ったのは、昼過ぎのことだった。

千吉が聞き込んで来たところによると、《石見屋》は一見《いちげん》の客を受け付けない気難しい船宿で通っていた。

だから安心だ、と富裕の層の客が付いているのも事実だったが、それだけで商いが成り立つ訳ではない。吉原に行く者や、ふと思い付いて船遊びに出ようという流しの客を相手にしなければ、とてもやっていけるものではない。

《紅鹿の子》の若主人に、《石見屋》の主について訊いた。

——見たことは?

——それは挨拶に見えましたので。

——どんな奴だった?

——でっぷりとして、押し出しのよい御方でございましたが。

次いで、料理を運んだ時のことを尋ねた。

——勝手口に運ぶと、生きのいいというより、癖のある若い衆が受け取るという形でございます。払いは、それはきれいなもので。滞《とどこお》ったことなど、ただの一度もございません。

それら若い衆も盗人・野火止の弥三郎の配下だとすると、総勢十五名近くの者が、お天道様《てんと》の下で堂々と大手を振って隠れ家に住み暮らしていることになる。

「許せねえな」

軍兵衛は、箸で出汁巻《だしまき》玉子を突き刺し、口の中に放り込んだ。

「旦那、浪人が、入りやした」

頭を浮かし掛けたが遅かった。

「済《す》いやせん。来るのは分かっていたのですが、すっと入っちまったもので」

「入る素振《そぶ》りがなかったってのが、怪しいな」軍兵衛は、皿のものを腹に収めながら言った。

「用心棒かもしれねえ。出て来たら教えてくれ。拝んでおこう」

「どんな風体をしていた？」千吉が訊いた。

「何の特徴もございやせんでしたが、こざっぱりとしてやした」

（こざっぱり……）

誰かが口にしたのを聞いた覚えがあった。誰だ？　周次郎か。違う。波多野さんだ、波多野豊次郎が、彦崎について言った言葉だった。こざっぱりとしていた……。

千吉を見た。

「旦那」

「野火止でござんすが」と千吉が言った。「でっぷりと太っているという主が野火止なのでございやしょうか」

「そうとは言い切れねえよ。主となれば、顔を晒《さら》すことになるからな。俺が野火止なら、代わりの者を据えるぜ」

「では、どいつが野火止だか、どうやって見極めればいいんでしょうか」

「だから、見張るんじゃねえか。後は、成るように成るんだよ」

軍兵衛は、思い出したように、周次郎からもらった鉄棒を背帯から抜き取ると、ぶん、と振って脇に置いた。

「分かった時には、こいつでぶん殴ってやろうじゃねえか」

第六章　捕縛《ほばく》

一

一月二十九日。朝五ツ（午前八時）。

霊岸島浜町の留松が、岡《おか》っ引《ぴき》・田原町の蓑助らを伴って、北町奉行所の大門脇の潜《くぐ》り戸を通り抜けた。

蓑助と子分の定吉と半次、それに自身の子分の福次郎を大門脇にある詰所に残し、ひとりで玄関に向かい、取次に己の名と加曾利の名を告げた。

待つ間もなく現われた加曾利が、蓑助を呼ぶように言って、御白洲《おしらす》へと続く木戸の手前にある井戸を指さした。井戸の脇に縁台があった。

「親分を呼びに行かせたのは他でもねえ。お前さんの知恵が必要になったからだ」

　蓑助を縁台に座らせ、加曾利が言った。

「百助を引っ張りてえんだが、何かしでかしてねえか」

「そうでございますね」蓑助は、縁台の脚許《あしもと》を覗《のぞ》くようにしてから、手頃なのがございやした、と言って身を乗り出した。

二月《ふたつき》程前になります。行安寺《ぎようあんじ》の門前町にある《おそめ》という煮売り酒屋の相客と喧嘩《けんか》になり、相手の腕をへし折ったことがございやした。

「訴えられなかったのか」

「あっしが間に入り、起請文《きしようもん》まで書かせたんでやすが、相手の男が言うことには、詫《わ》び料を払っていねえんで」

「そいつでいい」

　取り敢《あ》えず、龍宝寺門前町の自身番《じしんばん》に召し出してくれ。町役人ではなく、逃げられると困るので、親分自ら出向いてくれねえか。

「あの野郎、まだ寝《す》ている頃でしょうから、叩《たた》き起こしてやりまさあ」

　留松と福次郎を助けとして蓑助に預け、加曾利は年番方与力《ねんばんかたよりき》の島村恭介宛《あて》にことのあらましを文書に記し、年番方の詰所に置いて、龍宝寺門前町の自身番に向かった。

「必ず払いやすから」

自身番の外にまで男の声が届いていた。

「でけえ声だな」

加曾利は乱暴に腰高障子《こしだかしょうじ》を開け放った。三畳の畳敷きの向こうの板の間に、狐《きつね》のような顔をした男が座らされていた。

蓑助と留松らが、一歩部屋の隅に寄った。狐面《づら》が正面に見えた。

「どうも旦那《だんな》、ご迷惑をお掛けいたしやす」男が板の間に手を突いた。

「迷惑じゃねえ、これが俺の生業《なりわい》だ」

加曾利は刀を腰から引き抜くと、壁に立て掛け、胡座《あぐら》を掻《か》いた。

「手前《てめえ》が百助か」

「へい。申し訳ないことをしたと」

「思っていようがいまいが、どうでもいいんだよ。折ったのもくずなら、折られたのもくずだろうからな」

「………」百助が、片眉《かたまゆ》を上げて、加曾利を盗み見た。

「そんなことより」と言って、加曾利は留松を睨《にら》み付けた。「何で、御縄を掛けていねえんだ」

「ですが、旦那」

「口答えするな。縛《しば》れ」

百助の顔から血の気が失《う》せた。

留松と福次郎が板の間に入り、百助の手首を縛り、壁の鉄輪《かなわ》に繋《つな》いだ。

「手前のような悪党には、その方が似合ってるぜ」

「旦那、だからあっしは、済まねえと、払うと、言っているんでございやす」百助が叫ぶようにして言った。

「詫びたくらいじゃ何の足しにもならねえんだよ。手前は伊蔵と組んで、お園って小女《こおんな》を殺しただろうが」

「えっ？」百助は大仰《おおぎょう》に驚いてから、首を捻《ひね》って見せた。「その、何とかってのは、誰なんでございます？」

「湊橋北詰の煮売り酒屋《ひょう六》で待っていた伊蔵を、犬の鳴き真似《まね》をして呼び出しただろう？」

「存じやせんが」

「その伊蔵が、こともあろうに、煙草《タバコ》入れを忘れて出ちまった。届けに来たのが、お園だ。手前どもは、そんなお園を、顔を見られたからと殺したな」

「何の話だか、さっぱり分からねえ」

「このふたりに見覚えはねえか」

留松と福次郎を、百助の前に立たせた。

「悪いことは出来ねえもんだ」

あの晩、このふたりも《ひょう六》で酒を飲んでいて、伊蔵が手前の犬の鳴き声を聞いて出て行くところを見ているんだよ。

「あっしではございやせん。本物の犬が鳴いたんでござんしょう」

犬が、小女の亡骸《なきがら》を樽《たる》に入れて隠すかよ。

「本当だ。あっしじゃねえ」

「手前も随分と物分かりの悪《わり》い男だな」加曾利が、板床をこつこつと十手《じって》の先で叩いた。

「おい、百助。俺はこの年まで、手前どものような半端者ばっかり見て来たんだ。嘘吐《うそつ》きばかりをな。言い逃れられると思っているのか」

「…………」百助が、言葉に詰まっている振りをした。上目遣いで左右を見た。

加曾利を誤魔化し切れるかどうか、考えているのだろう。加曾利は追い打ちを掛けた。

「手前は、伊蔵が《島田屋》に頼まれ、竹越家の侍《さむらい》を殺すのを手伝った。お園は、その巻き添えを食ったんだろうが。調べは付いているんだ。往生際《おうじようぎわ》が悪いぜ」

「あっしどもが殺したという証《あかし》があるんですかい」

「殺していないという証はどうなんでぇ。手前どもはな、気に入らねえと暴れ、暴れたら見境が付かなくなるらしいじゃねえか」留松が言った。小女のひとりくらい殺すのは、訳もねえこったろう？　手前がやったのか。

「確かにあっしは悪《わる》かもしれねえ。でも、まだ人を殺したことはねえ。本当だ」

「分かった。自身番で訊くには限りがある。大番屋に送ろうじゃねえか。あそこなら吐かせる道具にゃ事欠かねえ」加曾利は、留松と蓑助らの顔を見回してから、百助に言った。

「すっきりと吐くか、責め問いを受けて吐くか、手前に選んでもらおうじゃねえか」

「冗談じゃねえ。やってもいねえことで、責められて堪《たま》るか」

「これまでだ。大番屋に連れて行くぜ」加曾利が留松に言った。「いいか、御縄を鉄輪から外す時に暴れたら、逃げようとしたと見做《みな》し、手足の一本くらい叩き折っても構わねえからな」

「承知しやした」留松が福次郎に目で、来い、と合図した。ふたりが板の間に下りた。

「待ってくれよ」

「正直に、言う気になったか」

加曾利が、足許にあった煙草盆を蹴飛《けと》ばした。火入れが吹っ飛び、灰吹きが転がった。

「この野郎、人がおとなしく諭《さと》していれば図に乗りやがって」

加曾利の十手が百助の腹と股《もも》を打ち据えた。逃げ惑い、百助が板壁に張り付いた。

「待っておくんなさい」

手首と鉄輪を繋ぐ紐《ひも》が軋《きし》んだ。

「手前か伊蔵か、どっちが手を下したんだ？」

「…………」百助の目が揺れ動いている。

「助かりたければ、吐け。俺たちは、手前だろうが伊蔵だろうが、どちらでもいいんだ」

「……伊蔵だ。伊蔵がやったんだ」

「伊蔵は、どうやって殺した？」

「あいつの遣《や》り口は、いつも同じだ。脇腹を一突き。それだけだ」

「訳を聞かせろ。どうしてだ？　手前どもが裏河岸《がし》での段取りを確かめていると
ころにでも来合わせたのか」

「話を聞かれたかどうか確かめもせずに、伊蔵がこの際殺しておいた方が安心だ
と言って」

「殺して、樽はどこにあるのに入れた。前の方か、後ろの方か」

「一番奥のだった」

「樽に押し込めた。それから、どうした？　裏河岸に行ったんだな？」

「裏河岸に行き、あの御武家が出て来た時、俺が正面から行き、相手の気を引い
ている間に、伊蔵が脇腹を抉《えぐ》ったんだ」

「手前どもに命じたのは誰だ？」

「それは、それだけは勘弁して下せえ」

「どう勘弁すればいいんだ。庇《かば》ったら、そいつがどうにかしてくれるとでも思っ

ているのか。ここまで吐いたら、御恐《おおそ》れながらと申し出れば、御老中だって責め問いを許して下さるはずだ。石を抱きたいのか。伊豆石《いずいし》の重さは一枚十三貫（四十八・七五キロ）。五枚も抱けば泡を吹くんだ。手前が血反吐《ちへど》を吐くところなんざ見たくもねえが、暇潰《ひまつぶ》しに弁当持って見に行ってやってもいいんだぜ」

「……《島田屋》です」百助が声を絞り出した。

「《島田屋》に頼んだのは？」

「どこぞの御家中だとか伊蔵が言ってやしたが、覚えちゃおりやせん」

「今言ったことを書き留めている。爪印《つめいん》を捺《お》すんだぞ」

「あっしは殺しちゃいねえ。そこをはっきりと書いて下さるんでしょうね」

「手前に指図されることじゃねえ。黙ってろ」

爪印を捺させたら大番屋にぶち込んでおけ。その間に、伊蔵の奴を引っ括《くく》ってくれようぜ。加曾利は、蓑助と下っ引のふたりに、大番屋送りを命ずると、留松と福次郎を伴って、浅草阿部川町へと走った。

通りを折れ、路地に入った。

「奴は殺しに馴《な》れている。気を付けろよ」

引戸門を開け、中に滑り込んだ。雨戸はすべて閉《た》てられている。まだ寝ているのか。それとも、出掛けているのか。留松と福次郎を左右に散らし、加曾利は玄関に手を掛けた。

するり、と開いた。

呼吸を計りながら、三和土《たたき》に足を踏み込み、立ち止まった。目が薄暗闇《うすくらやみ》に慣れて行く。

人の気配はなかった。雪駄のままずかずかと上がり、雨戸の隙間から射し込む明かりで見て回ったが、伊蔵の姿はなかった。

「旦那」留松と福次郎が玄関から入って来た。

「いねえ」

「逃げられたんで？」

「分からねえ。何かあるかもしれねえ。探せ」

手掛かりになりそうなものは、何もなかった。庭に下りた。草木の手入れは行き届いていた。あの伊蔵が、刈り込んだのだろうか。

門の辺りで人影が動いた。

男がいた。突き出た腹を抱えるようにして覗き込んでいる。

「何者だ？」

「何か、ございましたので？」

「訊いているのは、こっちだ」

「手前は、この家を貸している大家でございます」

蓑助が言っていた銘茶問屋の《駿河屋》らしい。

「後で行くから、待っていろ」

「お教え下さい。伊蔵さんが血相を変えて戻って来たと思ったら、直ぐ出て行ったので、一体どうしたのかと思っておりましたら、この騒ぎじゃございませんか。何があったのです？」

「いつのことだ？　出て行ったのは」

「五ツ半（午前九時）になる頃でございましたでしょうか」

蓑助らが、百助を自身番に引っ張った頃だった。見られたのだ。

「どうやら、逃げられたようだな」

「《島田屋》でしょうか」

「それはあるめえ。町方《まちかた》が入れる」

「では……？」

「町方の支配違いのところに隠れたんだ。大名家の下屋敷だ」

「数が多過ぎて、とても」留松が溜息《ためいき》を吐いた。

「四、五日ばかり姿を晦《くら》まそうってんじゃねえ。一月《ひとつき》、二月《ふた》と籠《こも》るつもりだろう。となると、家中の者の口添えが要る。上月に縋《すが》って竹越家の下屋敷に行ったに違えねえ」

加曾利が、頬《ほお》を歪《ゆが》めるようにして笑った。

「こうなれば、徒目付《かちめつけ》の旦那に伊蔵の尻を蹴飛ばしてもらおうじゃねえか」

二

一月二十九日。昼九ツ（正午）。

仕出し屋《紅鹿の子》の二階の見張り所から、船宿《石見屋》を見下ろしていた佐平が、軍兵衛を呼んだ。

「旦那、昨日の浪人が出て来ましたが、ご覧になられやすか」

「待ってたぜ……」

軍兵衛は、細く開けた障子窓の隙間に顔を寄せた。

昼の明かりの中に浪人がいた。懐手《ふところで》をして、立っている。

もしや、という不安を消せないでいた男だった。彦崎基一郎。背筋を冷気が奔《はし》り抜けた。

若い男が出て来ると、盛んに頭を下げて、彦崎に詫びている。遅れたのだろう。若い男が、一方を指さした。彦崎がそちらを見た。眩《まばゆ》げに目を細めている。

「腕が立ちそうでございやすね」

「分かるか」

強いぞ、と軍兵衛が言った。並の腕じゃねえ。

「ご存じの、方だったんで？」

「まさか、とは思っていたが、そうであった」

千吉が、そっと近寄り、障子から覗《のぞ》きながら訊いた。

「後を尾《つ》けるのは？」

「止めておけ。あの人に尾行は利かぬ。気付かれては元も子もない」

彦崎は、若い男の後に従い、そのまま町に消えた。

軍兵衛は、背帯に差していた鉄棒を抜き取って腰を下ろすと、壁に凭《もた》れて目を閉じた。

あの彦崎基一郎と立ち合うことになるのだろうか。

どう考えても、万にひとつの勝ち目もなかった。

鉄棒を握る手に汗が伝った。こんなものは、所詮《しょせん》、付け焼き刃でしかないのだ。どうして、毎日欠かさず鍛錬しておかなかったのか。もし、この急場をしのげれば、これからは心を入れ替えて稽古に励むのだが。溜息が続いた。

頼んでおいた昼餉《ひるげ》が、階下の仕出し屋から届いた。

「酒をくれ」

「旦那、それは拙《まず》いのでは？」千吉が窘《たしな》めるような口調で言った。

「酔いはしねえ。空元気《から》を出すためだ」

「分かりやした」

千吉が酒を徳利《とっくり》に入れ、階下から運んで来た。軍兵衛に茶碗《ちゃわん》を渡して酒を注ぐと、己の茶碗にも酒を満たした。

「旦那、あっしは旦那をずっと見て来やした」

軍兵衛が酒を一気に飲み干した。

「旦那には、何かが憑《つ》いておりやす。あっしには、それが何かは分かりやせん。ですが、何かある。それは確かでやす。そこんところが、並の御人と違うところでございやす」

「俺は並の者だと思っているが、とにかく、ありがとよ。お前は俺には過ぎた親分だな」

「勿体《もったい》ねえことを」

新六と佐平の手も止まっていた。

「食うぞ」と軍兵衛が皆に言った。

「食いやしょう」千吉が、徳利を下げながら言った。

九ツ半（午後一時）の鐘が鳴り、更に四半刻《しはんとき》（三十分）が過ぎた。

「戻って来たようです」

佐平から見張り番を交代した新六が言った。

通りの向こうから、彦崎がお店の主風の男と肩を並べて歩いて来た。男が出迎えている。双七だった。

軍兵衛は、彦崎の横にいる男に目を留めた。子分では収まり切れない貫禄《かんろく》が、男の内側から迸《ほとばし》り出ていた。見覚えのある顔だった。

（あの野郎……）

「どうなさいやした？」千吉が、そっと尋ねた。

「参ったぜ」

辰じゃねえか。惚《とぼ》けた野郎だぜ。八丁堀と酒を酌《く》み交《か》わす度胸といい、用心棒を引き連れているところといい、野火止に相違なかった。以前、彦崎を見掛けた折にも、すぐ近くで辰を見た。その時、歩調が合っているのが気になったが、そういうことだったのか、と軍兵衛は拳《こぶし》を握り締めた。

「あれが、野火止の弥三郎だ」

千吉と新六と佐平が、通りを見下ろした。

「どうして、野火止だと分かるんでございやす？」

軍兵衛は、《田貫》での辰の様子を話した。

「八丁堀を、すっかり嘗《な》めてくれやがった」

軍兵衛は千吉に、奉行所に走るように言った。

「島村様に伝えてくれ。野火止と双七が一緒にいる。捕え時だとな。何か起るといけねえから、俺はここで見張っている」

「出役《しゅつやく》は何刻頃がよろしいでしょうか」

「今から二刻《ふたとき》（四時間）もあれば十分だろう」

「承知いたしやした」

千吉は階段の手前で足を止めると、思い付いたように言った。

「旦那、出役の姿に着替えて下さいよ。島村様がうるそうございますからね」

「あの用心棒は、六浦自然流の先輩でな。一度も勝ったことがないのだ。防具で固めるよ」

軍兵衛は、見張り所の片隅に運び込んでおいた御用箱の蓋《ふた》を開けた。

三

軍兵衛らが、仕出し屋の昼餉に箸《はし》を付けている頃――。

竹越家の下屋敷の表門を、徒目付の二瓶角之助が、岡っ引の留松と子分の福次郎を連れて潜り抜けた。加曾利孫四郎は、支配違いだからと門前に残っている。

表門を通ると、二瓶は玄関には向かわず東に折れ、表門の棟の前を行き、厩《うまや》の角で南へ下った。勤番方の長屋の前を通り、作事小屋などを過ぎると、足軽《あしがる》中間《ちゅうげん》の長屋に出た。

長屋と板廊下で繋がった小屋の前で男が居眠りをしていた。逆さにした明樽に腰掛け、首を真横に倒している。見張りの用をなしていないが、下屋敷の昼時に中間部屋に来る者は限られている。居眠り男で十分だった。

二瓶が、男の前に立った。日差しを遮《さえぎ》り、二瓶の影が居眠り男の顔に落ちた。気配を察したのだろう。居眠り男が、瞼《まぶた》をゆるゆると開けた。

「徒目付、二瓶角之助である」

「…………」

居眠り男が、口を開けたまま頷いた。

「中に伊蔵と申す者はおるか」

「はい。おりますでございます」居眠り男が、留松と福次郎を見ながら言った。

「案内《あない》せい」

「……こちらで」

居眠り男が先に立って小屋に入った。小屋の中央に盆茣蓙《ぼんござ》が敷かれ、七、八人の男が賽《さい》の目を見詰めていた。饐《す》えたようなにおいが鼻を突いた。酒と煙草と魚油の燃えるにおいに、男どもの体臭が混ざり合っているのだ。

二瓶が居眠り男の背を押した。

「あの男でございます」

隅の暗がりに座り、ひとり皆に背を向けて酒を飲んでいる男がいた。

留松の目に、《ひょう六》での伊蔵の姿が甦《よみがえ》った。あの姿であり、あの飲み方だった。

「らしいな」

二瓶が居眠り男を脇に押し退《の》けて、賭場に入った。

中間頭なのだろう。矢鱈《やたら》に揉《も》み上げのふさふさした男が、血相《けっそう》を変えて立ち上がった。

「手入れではない。俺は、そんな野暮《やぼ》なことはせぬ。そのまま続けろ」

安堵《あんど》の溜息が漏れ、中間頭が頭を下げた。

「其の方」二瓶が、伊蔵に言った。「隅の、お前だ」

中間頭が、伊蔵の肩を叩いた。伊蔵が、ゆっくりと振り向いた。

「付いて来い」

伊蔵は二瓶の後ろにいる留松と福次郎を見ると、中間部屋の者どもには目もくれずに、外へと歩み出た。

二瓶が先に行き、伊蔵、留松、そして福次郎の順で足軽中間の長屋を通り過ぎ、表へと進んだ。作事小屋を越え、勤番方の長屋に差し掛かった。ここを過ぎ、厩の角を曲がれば、表門は直《す》ぐである。

伊蔵の手が、そっと懐《ふところ》に伸びた。

「止めろ」二瓶が、振り向きもせずに言った。「無駄なことだ。お前が匕首《あいくち》を抜いた時は、首が飛んでいる。捨てろ。そっと足許《あしもと》に捨てるのだ」

伊蔵は足を止めると、懐から匕首を取り出し、足許に落とした。留松が拾《ひろ》い上げると、

「行け」

と命じて背を押した。

表門の外で、加曾利が待ち受けていた。

「よもや」と二瓶が、言った。「下屋敷に隠れていようとは、思いもしなかった」

「大所帯だからですよ。右目と左目が違うものを見ていても気が付かない」

「心しよう」

「縄打て」加曾利が、留松に命じた。その瞬間、留松の手を掻い潜り、伊蔵がさっと塀際に逃げた。

「諦《あきら》めの悪い奴だな。すべて百助が吐いたぜ。手前が《ひょう六》の小女を殺し、納戸衆の三坂殿を殺した、とな。もう逃げ場はねえぞ」

伊蔵が、懐の奥深くに忍ばせていた、細身の匕首を取り出し、抜き払った。刃渡りは五寸（約十五センチ）。三坂の傷とも、園の傷とも合致する。これが奴の

本当の得物か。

加曾利は留松に、手で下がるように示した。

「手伝いますかな」二瓶が言った。

「その必要はありませんな」

加曾利は懐から鉤付《かぎつ》きの縄を取り出すと、両手を水平に伸ばし、捕縛の態勢に入った。留松と福次郎が、大きく身を引いた。二瓶も倣《なら》った。

伊蔵の匕首が閃《ひらめ》いた。刃風を躱《かわ》し、伊蔵の背に回り込みながら投じた鉤が、伊蔵の胸許に掛かった。伊蔵が振り返った。それよりも速く、加曾利は宙を滑るようにして前に回ると、伊蔵の首に縄を巻き付けた。

首に回った縄を摑《つか》んでいる伊蔵に、輪にした縄が二重三重に頭上から降り注いだ。

「畜生《ちくしょう》」

食いしばった歯の隙間から、悪態とともに唾《つば》が飛んだ。

「お仕舞《しめ》えだ」

加曾利が縄をぐいと引きながら前に飛んだ。棒のように倒れ込んで来た伊蔵の腕を、加曾利の手刀が捕えた。匕首が宙に跳ねた。伊蔵が叫び声を上げながら、肩からぶつかって来た。加曾利の拳が鳩尾《みぞおち》に食い込んだ。伊蔵の唇《くちびる》の端から泡が吹き飛んだ。

崩れ落ちた伊蔵を、留松と福次郎が縛り上げている。

「今頃は」と加曾利が、二瓶に言った。「《島田屋》にも捕方《とりかた》が出向いているはずです」

「吟味の様子を聞くことは出来ましょうか」

「吟味方に訊かねば即答は出来ませぬが、支障はないでしょう」

「忝《かたじけな》い。これでこちらも上月に腹を切らせ、三坂の無念を晴らすことが出来ます」

二瓶が膝に手を当て、深く頭を下げた。

四

夕七ツ（午後四時）の鐘が鳴って、半刻《はんとき》（一時間）近くになる。

「ふたり、入りました」

仕出し屋《紅鹿の子》二階の見張り所に、助《す》けとして来ている定廻《じょうまわ》り同心《どうしん》の小宮山仙十郎が、張り詰めた声を出した。

「客じゃねえか」軍兵衛が鎖鉢巻《くさりはちまき》を締めながら訊いた。

「いいえ、入り方が妙でした」

「妙だとは？」

「後を尾けられていないかと、確かめるような仕種《しぐさ》をしました」

「一味だな。何人になった？」

「入ったのが八人。元からいるのが約十五人という話ですので、都合二十三人です」

「いい数だ。これは、今夜辺りどこぞのお店を襲う算段かもしれねえな」

「鷲津さんは、そのことをご存じではなかったのですか」思わず仙十郎が尋ねた。

「勿論《もちろん》見越してはいた」

「本当ですか」仙十郎が、眉《まゆ》に唾を付ける真似《まね》をしながら答えた。「それにしては……」

　仙十郎の言葉が途切れた。

「どうした？」軍兵衛が小声で尋ねた。

「女が来ました」

軍兵衛が窓辺に寄った。

四囲に目を配りながら女が歩いて来た。露だった。《末広長屋》からふけて来たのだろう。

「あいつもお仲間だ」軍兵衛が言った。

露が入ると、《石見屋》が戸を閉《た》て始めた。

「もう店仕舞いかよ。やけに早いな」

間もなく七ツ半（午後五時）になろうかという刻限だった。

「旦那」と千吉が、階段の上がり端で片膝を突いた。「島村様が、お出《い》でになられやした」

島村は、鎖鉢巻を締め、鎖帷子《くさりかたびら》を着込んでいる軍兵衛を見て、満足そうに頷いた。

これに、籠手《こて》と臑当《すねあて》を付ければ同心の捕物出役の姿が完成する。

「どうだ？」と《石見屋》の方を顎で指しながら訊いた。「気配は？」

店仕舞いを始めたことを、仙十郎が告げた。

「これから軽く飯を食って休み、真夜中に動き出そうという寸法だな」

「そうでしょうな」軍兵衛が応じた。

「いつ踏み込む？」

「腹を摩《さす》る頃か、その前でしょうね」

「では、用意をいたすか」島村が、中間の名を呼んだ。

中間は御用箱を抱えて、階段を上がって来ると、箱の蓋を開け、出役の装束《しょうぞく》を取り出した。

「先程まで着ていたのだ。加曾利が裏河岸での武家殺しと小女殺しの一件を解決したのでな。儂《わし》は《島田屋》を捕えに出向いたところなのだ。着替えずに来たかったのだが、目立つのでな。いやはや、重なると大変だ」

島村が野袴《のばかま》を穿《は》き、火事羽織を羽織っている間に、中間が陣笠《じんがさ》などを用意している。

「それにしても」と島村が、軍兵衛の姿を見て言った。「珍しいな」

「今度の用心棒は、ちぃと強過ぎまして」

「己の弱さを知ったか」

「いいえ、私は十分強いのですが、ただ此度《こたび》は、相手が私よりも……」

「後にせい」

島村は仙十郎にも、早く出役の装束に改めるように言うと、軍兵衛の膝許に置いてある鉄棒に気付いた。手に取り、ぶんと振った。

「何だ、これは？」

「鍛錬用でございます」

「重いな」

「軽くては、鍛錬になりませぬゆえ」

「これを、出役の時に使うつもりではあるまいな？」

「十手代わりになるかと思いましたが」

「これでぶっ叩いたのでは、骨が砕けるであろう。置いて行け」

「はい」軍兵衛は、渋々引き下がると、脇差《わきざし》を手に取った。「刃挽《はび》きの刀っての は褌《ふんどし》を締め忘れているようで、どうもいけません。脇差を差してもよろしいで しょうか」

出役の時は、刃挽きの刀を一振り腰に差すだけだった。

「まあ、仕方あるまい。用心棒のこともあるしな」

軍兵衛は礼を言い、目立たぬように背帯に差した。

見張りを仙十郎と代わった千吉が、新六と佐平に茶を淹《い》れるように命じた。

茶を飲んでいるうちに、暮れ六ツ（午後六時）の鐘が鳴った。

《石見屋》には、何の動きもない。刻限が来るのを、息を潜めて待っているのだろう。

「下の者に、通りを塞《ふさ》ぐよう申し伝えい」と島村が、仙十郎に言った。

仙十郎が階下に下り、当番方から出役して来た同心に、《石見屋》周辺の通りに人を通さぬように命じた。町屋の者が巻き添えを食わぬようにするためと、表にいる者は町方と賊だけにするためだった。動く者はすべて賊と見做《みな》し、捕えればよかった。

「参るか」島村が言った。

軍兵衛は立ち上がると、千吉と新六と佐平を見た。

「用意は整っておりやす」

「よし、行くぜ」

軍兵衛が膝許の鉄棒を帯に差した。

あっ、と思ったが、島村は目を瞑《つむ》ることにした。

軍兵衛の後から、千吉らが丸太を肩に担《かつ》いで、付き従った。

捕方が見守る中、《石見屋》の前に着いた軍兵衛が、長さ一尺五寸（約四十五センチ）の緋房《ひぶさ》の付いた十手を振った。

丸太を肩から脇に抱え直した千吉らが、《石見屋》の潜り戸目掛けて突進した。

潜り戸が吹き飛んだ。素早く入り込んだ軍兵衛の後から、千吉らが丸太を支えにして揚げ戸を押し上げ、その隙に数名の捕方が、次々と掛け燭台《しょくだい》を鴨居《かもい》に吊《つる》した。

土間と帳場一帯が明るくなった。

「何だ。何事だ」喚《わめ》きながら、店奥と階上から、男どもが刀や匕首を手に飛び出して来た。

「騒ぐな」軍兵衛が怒鳴《どな》った。「野火止の弥三郎、並びに一味の者ども、調べは付いている。おとなしく縛《ばく》に付けい」

「誰が、野火止なんでございやす」階段の上から辰が顔を覗かせた。

「おう、辰か、また会ったな」

辰の眉が、ゆっくりと吊り上がった。

「……あの時の」

「思い出してくれたかい、嬉《うれ》しいぜ」

「旦那、面白いねえ、浮世《うきよ》って奴は」

「見納めだろうがな」

辰は、凝《じ》っと軍兵衛を見据えたまま叫んだ。

「殺《や》っちまえ」

おうっ、と応えて、男が飛び掛かって来た。

軍兵衛は十手を左手に持ち替えると、鉄棒を抜き取り、男の顔面に叩き付けた。顔が割れ、血が吹き出した。倒れた男の手足が痙攣《けいれん》している。

四囲の男どもが、手足を凍らせたまま、軍兵衛を見た。

男どもの横から、別の男が斬《き》り付けて来た。十手で受け、鉄棒で腕を打ち据えた。腕がくの字に曲がり、白い骨が飛び出した。

「来ないのなら、こっちから行くぜ」

竦《すく》んでいる男の横っ面を鉄棒で殴った。顎《あご》が砕《くだ》けたのだろう。顔がひしゃげた。

残りの男どもが這《は》うようにして逃げ出した。

奥で捕方の者が、梃摺《てこず》っている。太股《ふともも》に傷を負ったらしい。腰から床に落ちた。野火止の子分が刀を振り翳《かざ》した。

軍兵衛の手から鉄棒が飛んだ。弧《こ》を描いて飛んだ鉄棒が、子分の肩口から頭に当たった。子分が白目を剝《む》いて昏倒《こんとう》した。

「誰か」

叫びながら捕方の側に行き、引き起こした。

「これからはな、ひとりでは動くな。誰とでもいい、組め」

「はい」

駆け付けて来た捕方に預け、軍兵衛は奥に向かった。

廊下の先に、彦崎がいた。捕方から奪った六尺棒で、捕方をあしらっている。

「皆、下がれ」軍兵衛が捕方に言った。「ここは俺に任せろ」

彦崎を取り囲んでいた捕方が、庭に飛び下り、離れた。その捕方を割るようにして、島村恭介が仙十郎らを引き連れて庭先に現われた。

「お久し振りです」軍兵衛が言った。

「道場を見に行った」庭に下りながら、彦崎が答えた。

「聞きました」軍兵衛も、ゆっくりと間合を計りながら、庭に下りた。

「父に似ず、利発《りはつ》なよい倅《せがれ》だな」

「世間では親子鷹《おやこだか》と噂《うわさ》しておりますが」

「親鷹は腕を上げたのか」

「八丁堀随一と言われております」

島村と仙十郎が、驚いて軍兵衛を見た。

「口だけであろう。変わらぬな」

「彦崎さんは変わられました」

「そんなことはない。見ての通り、相変わらず半端者とつるんでおる」

「竹之介は彦崎さんにお会いして、感じ入っておりました」

「知らぬからだ。この姿をな」

「子供は、真の姿を見ているものです」

「……実《まこと》、口が達者な男よの」

廊下の奥が騒がしくなった。

辰と双七が、子分どもと捕方に押されるようにして、裏の階段から下りて来たのだ。

辰は彦崎に気付くと、背後に擦り寄った。

「先生、頼みますよ。上手《うま》く逃げ果《おお》せたら、飲んで踊って、また極楽の日々を送れるんですぜ」

「おい、野火止」軍兵衛が辰に言った。

「何でえ」野火止の弥三郎が、目を吊り上げた。

「野火止とは洒落《しやれ》た名を付けやがって。手前《てめえ》どものような毒虫の放った火を消すために、俺たち同心は汗水垂らしているんだ。野火止とは俺たちがことだ。二度と野火止の名を名乗れねえようにしてやるぜ」

「うるせえ」捕方が突き出す六尺棒を払い退けながら、双七が叫んだ。

「手前には、訊きたいことがあった」と軍兵衛が、十手で双七を指した。「どうして、結《ぬ》を殺した？」

「勝手を吐かしたからだ」

「話せ」

近頃は、大店の内情を調べて売る［零《こぼ》し屋］稼業《かぎよう》の者が減っちまった。先のことを考えて、掛け合ったのが間違いだった。商いは止めた、もうこれ以上大勢の人の血が流れるなんて耐えられない。

「これまで調べたものも売らねえでは、通らねえや」

そうでござんしょ。泥水って奴を一緒に啜《すす》った者に、縁切りはねえんですからね。

「それで殺しちまったという訳か。救われねえ奴だな、手前は」

「ほざきやがれ」

「由比の宿を覚えているか。十年前、旅籠《はたご》に泊まっただろう」

「何のことだ？」

「旅籠に、十六になる小倅がいたはずだ」

「そんなこと、一々覚えてられるか。先生、このうるせえ奴を膾《なます》に斬《き》り刻んで下せえ」

「分かった」

彦崎が、太刀を抜き払い、鞘《さや》を捨てた。

「彦崎さん、どうして、そんな奴どもとつるんでいるのですか」

「こんなくずでもな、いないよりはましであったのだ」

「…………」

野火止と双七が、思わず彦崎に目を遣った。

「手前……」双七が詰め寄ろうとした。

「だが、それも今日までだ」

彦崎が、振り向き様に双七を袈裟《けさ》に斬り倒した。何か言い掛けたまま、血飛沫《ちしぶき》を上げて、双七が頽《くずお》れた。彦崎は血振《ちぶり》もくれずに、顔を野火止に向けた。

手前、よくも双七を斬りやがったな。

野火止が、野太い、唸るような声で言った。

何だ、その面は。俺も斬ろうってのか。

眦《まなじり》をぎりぎりと吊り上げ、歯を食い縛ると、彦崎を睨み付けた。

野良犬のような手前に銭金を与え、人並みの暮らしをさせてやったのは、どこの誰だ。

道場を追ん出た手前の腕を認め、先生と呼ばれる暮らしを与えてやったのは、どこの誰だ。

尻尾を振って付いて来た時のことを忘れたのか、手前は。

「それで、終《しま》いか」

「まだ言い足りねえが、言いたくもねえ……」

野火止が刀を振り上げようとして、止めた。

「俺たちを奉行所に売ったのは、手前か。そうに違いねえ。隠れ家のことは、ばれちゃいなかったんだ」

「ところが、ばれていたのよ」

軍兵衛が、《末広長屋》から双七を尾けたことを明かした。

「裏切られなかっただけが救いとは、情けねえぜ。畜生」

怒りを太刀に込めて、野火止が彦崎に斬り掛かった。

「軍兵衛、見ておれ」

野火止の剣を寸で躱《かわ》し、懐に飛び込んだ彦崎は、野火止が苦し紛れに離れようとしたところを捉え、腹を真一文字に斬り裂いた。腹が弾けた。野火止は、腸《はらわた》を撒《ま》き散らし、事切れた。

響動《どよ》めいた捕方が、足を引いた。輪が広がった。

「世話になった」

彦崎は片手で拝むと、血振をくれた剣で、軍兵衛を指した。

「来い」

「軍兵衛」島村が吼《ほ》えた。「止めろ。立ち合うな。捕える方法《ほう》は、他にもある」

「冗談じゃあねえ。これは、俺の役目《しごと》だ」

軍兵衛は十手を帯に差し込むと、刃挽きの刀を引き抜いた。

「それでこそ、鷲津軍兵衛。お前だ」

彦崎が、じりと間合を詰めて来た。

「俺は野火止とつるんだお蔭で、とんでもねえ強い奴と剣を交《まじ》えた。無論、皆倒したが、立ち合う中で、俺なりに六浦自然流を完成させた。今見せた《浦波《うらなみ》》もそのひとつだ。その他にも幾つかある。それを、これからお前に見せてくれる……」

何をする気だ?

だが、考えている暇はなかった。彦崎の剣が目の前にあった。払い、打ち込んだ。

読まれていた。刀の峰《みね》を滑るようにして、彦崎の剣の切っ先が軍兵衛の腕を叩いた。籠手に巻かれた鉄片が火花を上げた。

「《峰伝い》だ。六浦の《釣瓶落《つるべおと》し》を簡略にしたものだ。次、来い」

正眼から打って出た軍兵衛の太刀を寸で見切って躱し、飛び込むと見せて、軍兵衛が身構えたところで太刀を撥《は》ね上げ、胴を払った。鎖帷子が腹に食い込んだ。骨の一本くらいは折れたかもしれない。

「それで八丁堀一か。笑わせるではないぞ」

「手の内を探るためだ。俺には、鷲津家に伝わる秘伝の太刀がある」

「面白い。そいつを見せてもらおうか」

彦崎が剣を下段に構えた。

六浦自然流にある下段の太刀筋は、《波頭崩《はとうくず》し》《飛燕《ひえん》》《木霊返《こだまがえ》し》の三つであった。《波頭崩し》は、下段から起こした剣が、波頭に見立てた相手の切っ先を打ち崩し、胴を斬るという太刀だった。《飛燕》は地を掠《かす》めて飛んだ燕《つばめ》が青空高く舞い上がる様になぞらえて、相手の腹から顔面へ斬り上げる技、《木霊返し》は相手の剣を撥ね上げ、その勢いで斬り下げるという防備と攻撃を一体にした剣だった。

(そのどれを使うのか)

軍兵衛は正眼に構えていた剣を脇構えに移しながら、彦崎の目を見詰めた。

「軍兵衛、次は籠手も鎖帷子も通じぬ。六浦道場で覚えた太刀筋に独自の工夫を盛り込んだ《鎖断ち》の一剣を冥土《めいど》の土産《みやげ》に見せてくれるわ」

彦崎の足指がにじり寄って来た。目が暗い光を放っている。殺気が、焔《ほむら》のように立ちのぼり、彦崎を包んだ。来る。

後の先《せん》を取る余裕はなかった。仕掛けた。

一足一刀の間合に踏み込み、脇から剣を繰り出した。軍兵衛の剣を彦崎の剣が撥ね上げ、袈裟に斬り掛かって来た。そう来ると思ったぜ。

袈裟に振り下ろされた剣を、軍兵衛の一剣が食い止めた。《木霊返し》で撥ね上げられた勢いに乗って、彦崎の太刀より速く、再び脇からの構えに付いていたのだ。

危ねえ。毎日鉄棒を振り回していたお蔭だぜ。

次の瞬間、四囲の者から悲鳴が上がった。

突き放そうと彦崎の太刀を押した力を利用され、軍兵衛の刃挽きの太刀が、巻くようにして撥ね飛ばされたのだ。

彦崎の目が、手が、勝ちを見越して、僅かに緩んだ。その間隙《かんげき》を突いて、軍兵衛が彦崎の懐に飛び込んだ。強引に間合を取ろうと、後ろに跳ねた彦崎に合わせて、軍兵衛が背帯に差していた脇差を彦崎の咽喉に突き立てた。

脇差は、鍔《つば》近くまで埋まったまま、庭の松の木の幹に刺さって止まった。彦崎の両眼《りようめ》が張り裂けんばかりに見開かれた。

「何が、鷲津家の秘太刀だ？……俺の《浦波》を真似たものではないか」

突き立った脇差が気管を圧するのだろう。彦崎の息が木枯《こがら》しのように鳴った。

「教えを直ぐ取り入れるのが、鷲津家のよいところでしてね」

「しかし、まだ甘いぞ……」

「分かっています。もらった命、疎《おろそ》かにはいたしません」

「…………」

彦崎が首筋から血を吹き出しながら、刀身を摑《つか》んで引き抜こうとした。

「軍兵衛、刀を抜いてくれぬか。死ぬ時は、横になって死にたい」

「抜いたら死にますが」

「今更……、何を言うか」

抜いた。彦崎の頭を膝に載せ、傷口を手で押さえた。彦崎が、血を吐き出しながら声を絞り出した。

「軍兵衛、俺のこの十五年は、何であったのかな……」

彦崎の息が絶えた。吹き出し続けている血が、軍兵衛の手を胸を、膝を腰を濡らした。血は温かかった。

「他の者どもは、皆捕えたぞ。ようやった」

島村が、彦崎の抜き身を懐紙《かいし》で拭い、鞘《さや》に納めながら言った。

軍兵衛は、竹之介に彦崎のことをどう伝えたらよいのか、と考えていた。

参考文献

『江戸・町づくし稿　上中下別巻』岸井良衞著（青蛙房　二〇〇三、四年）
『大江戸復元図鑑〈庶民編〉』笹間良彦著画（遊子館　二〇〇三年）
『大江戸復元図鑑〈武士編〉』笹間良彦著画（遊子館　二〇〇四年）
『資料・日本歴史図録』笹間良彦編著（柏書房　一九九二年）
『図説・江戸町奉行所事典』笹間良彦著（柏書房　一九九一年）
『江戸時代選書6　江戸町奉行』横倉辰次著（雄山閣　二〇〇三年）
『第一江戸時代漫筆　江戸の町奉行』石井良助著（明石書店　一九八九年）
『考証「江戸町奉行」の世界』稲垣史生著（新人物往来社　一九九七年）
『売春の歴史《陰の日本史》』邦光史郎・杉村明著（廣済堂出版　一九八九年）
『江戸の出合茶屋』花咲一男著（三樹書房　一九九六年）

注・本作品は、平成十九年三月、ハルキ文庫（角川春樹事務所）より刊行された、『毒虫』を著者が加筆・修正したものです。

一〇〇字書評

毒虫

切・り・取・り・線

購買動機（新聞、雑誌名を記入するか、あるいは○をつけてください）	
□（　　　　　　）の広告を見て	
□（　　　　　　）の書評を見て	
□ 知人のすすめで	□ タイトルに惹かれて
□ カバーが良かったから	□ 内容が面白そうだから
□ 好きな作家だから	□ 好きな分野の本だから

・最近、最も感銘を受けた作品名をお書き下さい

・あなたのお好きな作家名をお書き下さい

・その他、ご要望がありましたらお書き下さい

住所	〒				
氏名		職業		年齢	
Eメール	※携帯には配信できません	新刊情報等のメール配信を 希望する・しない			

この本の感想を、編集部までお寄せいただけたらありがたく存じます。今後の企画の参考にさせていただきます。Eメールでも結構です。

いただいた「一〇〇字書評」は、新聞・雑誌等に紹介させていただくことがあります。その場合はお礼として特製図書カードを差し上げます。

前ページの原稿用紙に書評をお書きの上、切り取り、左記までお送り下さい。宛先の住所は不要です。

なお、ご記入いただいたお名前、ご住所等は、書評紹介の事前了解、謝礼のお届けのためだけに利用し、そのほかの目的のために利用することはありません。

〒一〇一－八七〇一
祥伝社文庫編集長　坂口芳和
電話　〇三（三二六五）二〇八〇

祥伝社ホームページの「ブックレビュー」からも、書き込めます。
http://www.shodensha.co.jp/bookreview/

祥伝社文庫

毒虫《どくむし》　北町《きたまち》奉行所《ぶぎようしよ》捕物《とりもの》控《ひかえ》

平成30年10月20日　初版第1刷発行

著者　長谷川《はせがわ》　卓《たく》
発行者　辻　浩明
発行所　祥伝社《しようでんしや》
東京都千代田区神田神保町3-3
〒101-8701
電話　03（3265）2081（販売部）
電話　03（3265）2080（編集部）
電話　03（3265）3622（業務部）
http://www.shodensha.co.jp/

印刷所　堀内印刷
製本所　ナショナル製本
カバーフォーマットデザイン　中原達治

 ISBN978-4-396-34466-5 C0193

祥伝社文庫の好評既刊

小杉健治

札差殺し

風烈廻り与力《よりき》・青柳剣一郎《あおやぎけんいちろう》①

旗本の子女が自死する事件が続くなか、富商が殺された。頬に走る刀傷が疼《うず》くとき、剣一郎の剣が冴える！

小杉健治

火盗《かとう》殺し

風烈廻り与力・青柳剣一郎②

江戸の町が業火に。火付け強盗を利用するさらなる悪党、利用される薄幸の人々のため、怒りの剣が吼える！

小杉健治

八丁堀殺し

風烈廻り与力・青柳剣一郎③

闇に悲鳴が轟《とどろ》く。剣一郎が駆けつけると、斬殺された同僚が。八丁堀を震撼させる与力殺しの幕開け……。

小杉健治

二十六夜待《やまち》

市井に隠れ棲《す》む、過去に疵《きず》のある男と岡っ引きの相克。情と怨讐を描く、傑作時代小説集。

小杉健治

刺客殺し

風烈廻り与力・青柳剣一郎④

首をざっくり斬られた武士の死体が江戸で発見された。それは絶命剣によるもの。同門の浦里《うらさと》左源太《さげんた》の技か⁉

小杉健治

七福神殺し

風烈廻り与力・青柳剣一郎⑤

人を殺さず狙うのは悪徳商人、義賊「七福神」が次々と何者かの手に……。真相を追う剣一郎にも刺客が迫る。

祥伝社文庫の好評既刊

佐伯泰英　完本　**密命**　巻之一　見参！　寒月霞《かすみ》斬り

豊後《ぶんご》相良藩《さがらはん》二万石の徒士組《かちぐみ》・金杉惣三郎《かなすぎそうざぶろう》は、藩主・斎木高玖《さいきたかひさ》から密命を帯びる。佐伯泰英の原点、ここにあり!!

佐伯泰英　完本　**密命**　巻之二　弦月《げんげつ》三十二人斬り

御家騒動から七年後。相良藩の江戸留守居役となった惣三郎は、将軍家をおびやかす遠大な陰謀を突き止める。

佐伯泰英　完本　**密命**　巻之三　残月無想《ざんげつむそう》斬り

将軍吉宗《よしむね》の側近が次々と暗殺された。脱藩し穏やかに暮らしていた惣三郎に、町奉行・大岡忠相《おおおかただすけ》より密命が！

佐伯泰英　完本　**密命**　巻之四　刺客《しかく》　斬月《ざんげつ》剣

惣三郎が消息を絶った。母と妹の身を案じる息子の清之助《せいのすけ》。遠く鹿島《かしま》での剣術修行を薦められ、思い悩む……。

佐伯泰英　完本　**密命**　巻之五　火頭《かとう》　紅蓮《ぐれん》剣

押し込み先を皆殺しにする火付け盗賊が出現。大岡越前の密偵役を辞退して半年、惣三郎が再び探索に乗り出す！

佐伯泰英　完本　**密命**　巻之六　兇刃《きょうじん》　一期一殺《いちごいっさつ》

め組の姉御お杏《きょう》が、待望の男子を出産。惣三郎たちは歓喜し、祝いの酒を交わす。そこに、不穏な一報が！

〈祥伝社文庫　今月の新刊〉

富田祐弘
歌舞鬼《かぶき》姫　桶狭間　決戦
戦の勝敗を分けた一人の少女がいた――その名は阿国。

日野　草
死者ノ棘《とげ》　黎《れい》
生への執着に取り憑かれた人間の業を描く、衝撃の書！

南　英男
冷酷犯　新宿署特別強行犯係
刑事を尾ける怪しい影。偽装心中の裏に巨大利権か！

草凪　優
不倫サレ妻慰《なぐさ》めて
今夜だけ抱いて。不倫をサレた女たちとの甘い一夜。

小杉健治
火影《ほかげ》　風烈廻り与力・青柳剣一郎
不良御家人を手玉にとる真の黒幕、影法師が動き出す！

睦月影郎
熟《う》れ小町の手ほどき
無垢な義弟に、美しく気高い武家の奥方が迫る！

有馬美季子
はないちもんめ　秋祭り
娘の不審な死。着物の柄に秘められた伝言とは――？

梶よう子
連鶴
幕末の動乱に翻弄される兄弟。日の本の明日は何処へ？

長谷川卓
毒虫　北町奉行所捕物控
食らいついたら逃さない。殺し屋と凶賊を追い詰める！

喜安幸夫
闇奉行　出世亡者《もうじゃ》
欲と欲の対立に翻弄された若侍。相州屋が窮地を救う！

岡本さとる
女敵《めがたき》討《う》ち　取次屋栄三
質屋の主から妻の不義疑惑を相談された栄三は……。

藤原緋沙子
初霜《はつしも》　橋廻り同心・平七郎控
商家の主夫婦が親に捨てられた娘に与えたものは――。

工藤堅太郎
正義一剣　斬り捨て御免
辻斬りを斃し、仇敵と対峙す。悪い奴らはぶった斬る！

笹沢左保
金曜日の女
純愛なんてどこにもない、残酷で勝手な恋愛ミステリー。